Horacio Quiroga

Colección
La pajarita de papel

Diario de viaje a París

Introducción y notas de
Emir Rodríguez Monegal

Losada

1ª edición: enero 2000

© Editorial Losada S. A.
Moreno 3362,
Buenos Aires, 1999

Diseño de tapa:
Adriana Yoel

ISBN: 950-03-7850-7
Hecho el depósito que marca la ley 11.723
Marca y características gráficas registradas en la Oficina de
Patentes y Marcas de la Nación
Impreso en Argentina - *Printed in Argentina*

Nota a la edición de 1950

Aunque esta reedición del *Diario de viaje a París* de Horacio Quiroga no ha sido preparada, como la primera, para especialistas, conserva las características técnicas de ésta, salvo en la "Introducción", en la que depuré los textos transcriptos, dejando únicamente la redacción definitiva, y en el "Apéndice documental", cuyas secciones C y D han sido aliviadas ahora de las erratas de las publicaciones originales *(Revista del Salto, La Reforma)*. He aprovechado esta reedición para incorporar algunas notas y un texto olvidado al *Apéndice*.

La copia, transcripción y cotejo de este *Diario de viaje* fueron realizados originalmente por las señoritas Elba Diz y Myriam Otero y los señores José Enrique Etcheverry y Raúl Uslenghi, del personal del Instituto Nacional de Investigaciones y Archivos Literarios. Dejo, asimismo, constancia de que prestaron su valiosa cooperación, aportando numeroso material informativo las siguientes personas e instituciones: Dr. Alberto J. Brignole, Dr. José María Delgado, Dr. José L. Gomensoro, Prof. Julio E. Payró, D. Alejandro Nácere, Director del Museo Histórico Nacional, Prof. Juan E. Pivel Devoto, Cap. Carlos Olivieri, Director de la Marina Mercante, Capitán de Navío Julio C. Cigliutti, Interventor de la Biblioteca Nacional, D. Dionisio Trillo Pays, Prof. Lauro Ayestarán, Director del Museo Nacional de Bellas Artes, D. José Luis Zorrilla de San Martín, Dr. Miguel Nobelasco, Dr. Héctor Roselló, Prof. Hernán Rodríguez Masone, D. Adolfo Sienra, D. Juan Pivel y Ministerio de Relaciones Exteriores.

Quiero agradecer especialmente a D. Carlos A. Passos la colaboración prestada al preparar las notas al texto del *Diario de viaje;* así como al Prof. Roberto Ibáñez, Director del Instituto Nacional de Investigaciones y Archivos Literarios, por haber autorizado esta reedición y haber facilitado los clisés necesarios para su impresión.

E. R. M.

Montevideo, agosto 18, 1950.

Introducción

El *Diario* llevado por Horacio Quiroga durante su viaje a París en 1900, presenta un estimable aporte para el mejor conocimiento de su juventud, al tiempo que facilita el acceso a su intimidad y contribuye como pieza insustituible al estudio de su iniciación literaria, la que se confunde con los orígenes del modernismo en el Uruguay. A la consideración de este triple valor documental del *Diario* está dedicada esta Introducción.

I
La aventura

La existencia de este *Diario* era completamente desconocida, aun para los amigos y biógrafos de Quiroga, los doctores José María Delgado y Alberto J. Brignole. El escritor lo había depositado en manos de D. Ezequiel Martínez Estrada, junto con algunos documentos de su mayor intimidad. En la donación que el ilustre escritor argentino hiciera al Instituto de Investigaciones y Archivos Literarios (Montevideo, Uruguay), se incluían las dos libretas en que Quiroga había llevado la anotación cotidiana de su aventura parisina. Este documento se hace público por vez primera ahora.

La información biográfica más completa publicada hasta la fecha sobre Quiroga es la que proporciona la *Vida y obra de Horacio Quiroga*, de Delgado y Brignole.[1] En el capítulo VI se encuentra narrado el viaje a París en los siguientes términos:

"*Pero, en seguida, otro sueño largamente acariciado, el viaje a París, vendría a arrancarlo de estas antifonías funerarias.[2] Evidentemente la tarea de su tutor, don Alberto Semblat, que le fuera nombrado al contraer su madre segundas nupcias, se vio bastante dificultada por la índole de un pupilo, a quien no le faltaba ninguna de las condiciones necesarias para turbar la tranquilidad de un severo monitor. Don Alberto era un honorable notario, un hombre de mundo en quien el sentido de la responsabilidad, podía coexistir con una amplia tolerancia para comprender los antojos y turbulencias de la juventud. Quiroga halló en él un amigo dispuesto siempre a tomar sus caprichos por el lado benévolo y a satisfacerlos en la medida de lo posible, aunque muchas veces a regañadientes. Pero hoy una bicicleta, mañana una máquina*

---

[1] José María Delgado y Alberto J. Brignole: *Vida y obra de Horacio Quiroga*. Montevideo, Claudio García y Cía., 1939. 404 págs.

[2] Se refieren aquí sus biógrafos al artículo en que Quiroga anunciaba por qué no saldría más la *Revista del Salto*, de la que era director. Véase el texto completo en el Apéndice documental, sección C) "Revista del Salto", N° 7. La narración de sus biógrafos se encuentra en la obra citada, págs. 97-102.

fotográfica, al otro día un viaje a Montevideo y a cada nueva hora un deseo que obligaba a echar mano de recursos extraordinarios, convirtieron la tutoría en un verdadero presente griego. Tanto como abundaba el mozo en inteligencia y en veleidades, carecía de la menor noción económica y menudeaba sin piedad los asaltos a su mediocre fortuna.

. . . .

La mayoría de edad trajo para don Alberto un descargo de inquietudes, sin modificar en lo más mínimo la idiosincrasia del pupilo. Las muelas del juicio encontraron a éste tan fantasista y desordenado como las de la adolescencia, así es que, en cuanto pudo, recogió el dinero de su herencia, lio las maletas y voló a París, aspiración suprema y obligada de todo joven poeta insurrecto.

Se embarcó como un dandy: flamante ropería, ricas valijas, camarote especial, y todo él derramando una aristocrática coquetería, unida a cierta petulancia de juventud favorecida por el talento, la riqueza y la apostura varonil. No había quien pudiese dejarlo de envidiar. Las quimeras le bailaban dentro del cráneo. ¡París! En cada griseta una Manón, en cada gota de ajenjo un poema, en cada paso por la colina de Montmartre un sueño, y, al fin, la fama, el reconocimiento triunfal en los más célebres cenáculos...

Pasó todo exactamente al revés. Ninguna ocasión de representar el Des Grieux o el Rodolfo. Las Mimí lo llamaban 'le joli petit arabe' apodo que le gustaba mucho; pero trascendían demasiado a comercio, y cuando su corazón romántico, sediento de veraz ternura, se apretaba a sus senos mercenarios sentía el entumecimiento de un pájaro tropical entre la nieve. En los cafés del Barrio Latino hallaba una indiferencia que ni siquiera se disimulaba. Sus cartas, aunque no quejosas, sólo hacen referencia a bagatelas. Hablan de libros muy buenos que se compran baratos, casi regalados. Participan que Rubén Darío está muy grueso, que usa sombrero de paja y que le preguntó si conocía a Rodó. Informan que Gómez Carrillo lo llevó al café 'Cyranno' (usted perdone, le escribe a su amigo Ferrando, no recuerdo cuántas n lleva este nombre francés) donde se reúnen literatos y 'cocottes', y concluye desencantado: 'me parece que todos ellos, salvo Darío que lo vale y es muy rico tipo, se creen mucho más de lo que son'.

Nada hay que indique un entusiasmo avivado por el contacto con la ciudad maravillosamente soñada, o con los hombres a quienes desde lejos admiraba. Es un fracaso de su imaginación que podía preverse: un alma como la de Quiroga, sustancialmente auténtica y sincera hasta no poder encubrir sus impresiones, nunca llegaría a congeniar con un ambiente supercivilizado, lo que equivale a decir ultra artificial. El inmenso rumoreo que necesitaba para dar vuelo a su vocación no estaría allí sino en el polo opuesto, en medio de las florestas profundas. Él lo ignoraba aún y arrastraba por la enorme colmena su desilusión, como una clámide arpiamente desgarrada.

Para colmo, el desatino con que administró sus recursos y otros olvidos y faltas muy suyos, iban a originarle una situación desesperante. Un buen día notó que no le quedaba un centésimo y comenzó el peregrinaje sórdido por las casas de préstamos. Joyas, valijas, ropas, fueron a engrosar las estanterías y vitrinas de los Montes de Piedad, hasta verse más implume que el gallo de Morón. A mayor desgracia había extraviado –¡cuándo no!– la dirección de sus familiares, y los S.O.S. con que los bombardeaba no llegaban a su destino. Solo e indigente en una inmensa ciudad, los días se le tornaron pavorosos. Conoció el hambre y cosas peores, como el te-

ner que pedir a compatriotas duros sumas de mendicante, un franco o dos, apenas lo suficiente para comprar un pan y un pedazo de queso. Tuvo que vivir a los saltos en buhardillas. Desterrado de las barberías, el óvalo de su rostro se vio asaltado por barbas, que crecían como malezas alrededor de las ruinas en las tierras tropicales. Fue, en verdad, un áspero aprendizaje del infortunio y la miseria.

Finalmente los familiares se enteraron de sus aprietos y de inmediato lo auxiliaron. Volvió con pasaje de tercera. Su indumentaria revelaba a la legua la tirantez pasada. Un mal jockey encima de la cabeza, un saco con la solapa levantada para ocultar la ausencia de cuello, unos pantalones de segunda mano, un calzado deplorable, constituían todo su ajuar. Costó reconocerlo. Del antiguo semblante sólo le quedaban la frente, los ojos y la nariz; el resto naufragaba en un mar de pelos negros que nunca más, tal vez en recuerdo de su aventura parisina, se rasuraría.

—¿Dónde tienes el equipaje? le preguntaron.

Quiroga respondió con una buena mentira: 'Lo perdí en un cambio de ferrocarriles'.

—Seguramente, lo amonestó el viejo Cordero, mientras todos se preocupaban de sus maletas, tú te pasearías por el andén silbando, con las manos en los bolsillos y la cabeza llena de pájaros. Siempre serás el mismo...

Y como Horacio sonriera, dando por merecido el reproche, se apresuró a abrazarlo piadoso, como a alguien que jamás podrá andar solo por el mundo.

París quedaría en la memoria de Quiroga semejante a una marcha anodina y borrosa. Cuando las incidencias de la conversación traían a flote el tema de su viaje y de su estada en aquella ciudad, lo dejaba rápidamente languidecer como asunto sin atracción. Y no se presuma en tal indiferencia nin-

gún rencor o deseo de eludir recuerdos de pesadilla. Una vez pasadas, tales peripecias se cuentan como galardones, sobre todo cuando se ha vivido idealizando a los héroes de Murger.

Su repudio traducía, más que una decepción, la inafinidad absoluta de su naturaleza con aquel medio. Ni el paisaje, ni los seres que necesitaba su genio para desarrollarse residían allí. Su espíritu precisaba otras correspondencias y estímulos: de ahí su desdén por aquellos lugares a los que jamás deseó volver."

A los valiosos datos allí recogidos pueden agregarse ahora los que aporta el estudio de este *Diario*. La anotación se inicia, en la primera libreta, a las 7 a. m. del 21 de marzo de 1900 –fecha de la partida del Salto, a bordo del *Montevideo*–, y concluye, en la segunda libreta, en París, el 10 de junio del mismo año, a las 11 horas y 18 minutos.[3] Es decir: el *Diario* se interrumpe antes de que Quiroga haya salido de París. En una de las últimas páginas había observado que la libreta se concluía y anunciaba que continuaría sus anotaciones *"en un cuaderno de 10 cts."*.[4] Este cuaderno no ha sido encontrado. Quedan en blanco, por lo tanto, los días que transcurren desde el 10 de junio hasta el 12 de julio de 1900, fecha en que llegó a Montevideo en el *Duca de Galiera*.[5]

---

[3] Quiroga era amante de estas precisiones.

[4] "Pensé –hace 20 días– que esta libreta llegaría por la mitad. Bien veo que con esta sucesión de impresiones, necesitaría 4 en un mes. Mañana la concluyo. Siento no tener dinero para comprar otra — Escribiré en un cuaderno de 10 cts." (junio 9).

[5] En la lista de pasajeros que desembarcaron en Montevideo, figura bajo el nombre retocado de: "Quiraga, Orazio", y con la profesión de "giornalista". (Véase Dirección de la Marina Mercante, Sección Estadística, "Lista de entradas de pasajeros vía ultramar", tomo 28, año 1900, carpeta julio.)

Al consultar estas libretas es necesario tener un cuidado especial. No hay que olvidar, ante todo, que la anotación cotidiana se presta a la exageración del detalle reciente, al tiempo que puede disimular u olvidar las líneas fundamentales de un proceso o de un carácter. Su valor es, en cierto sentido, estadístico y el lector debe tener siempre presentes los sucesivos toques con que se va revelando un suceso o un alma. Por eso, el que consulte el *Diario* se sentirá necesariamente perplejo ante el móvil del viaje que no resulta nunca indicado explícitamente. A lo sumo, aparece alguna mención equívoca. Véase, por ejemplo, la anotación de abril 4, a las 18 a. m. "*Acabo de levantarme. He pensado anoche sobre la imbecilidad de este viaje, extraño, perdido, raro, tal vez risible para los pasajeros*". O la de abril 6, a las 5 y 35 p. m.: "*Viene a mi cabeza, a veces, por ráfagas, la ilusión de que podría estar en el Salto, en la esquina, viendo pasar gente que conozco, de noche templada y suave, viéndola, o acaso bailando—... En esos momentos reniego formalmente de haber emprendido este viaje, el más estúpido de los que he hecho, estúpido, sí, estúpido; me volveré idiota y genovés...*".

Es posible, por lo tanto, preguntarse: ¿Por qué fue Quiroga a París? La respuesta más obvia parece ser: porque París era, entonces, la meta de todos los aspirantes a poetas, la capital natural del modernismo.[6]

---

[6] En su *Autobiografía*, Rubén Darío ha expresado con vivacidad esta aspiración suprema. Dice allí: "Yo soñaba con París desde niño, a punto de que cuando hacía mis oraciones rogaba a Dios que no me dejase morir sin conocer París. París era para mí como un paraíso en donde se respirase la esencia de la felicidad sobre la tierra. Era la Ciudad del Arte, de la Belleza y de la Gloria; y, sobre todo, era la capital del Amor, el reino del Ensueño" (Madrid, Mundo Latino, S.A., cap. XXXII, pág. 112).

Pero el *Diario* es absolutamente reservado al respecto, y en ningún momento Quiroga insinúa que haya intentado participar de la intensa vida literaria de París. La única anotación en este sentido es la del episodio en el *Café Cyrano*, al que concurrían muchos hispanoamericanos que se agrupaban en torno de Enrique Gómez Carrillo. Pero hasta la misma circunstancia de que Quiroga no haya congeniado con el temperamental guatemalteco y que, por el contrario, le haya opuesto una clara hostilidad, parece señalar más su alejamiento de todo cenáculo. En cuanto al encuentro con Rubén Darío, que mencionan sus biógrafos, debió acontecer (si no es apócrifo) en los días transcurridos entre la última anotación del *Diario* y su partida de París.

Penetrando ya en el terreno de la hipótesis, y apoyándose en algunas ambiguas indicaciones del *Diario*, es lícito señalar un motivo –casi inconfesable– para el viaje: la conquista de París. Así enunciado, el proyecto parece demasiado fantástico. Sin embargo, es posible que el joven –que se creía, con razón, destinado a la gloria– lo reservara para su más íntima contemplación y, por lo mismo, no lo confiara al papel, demasiado ajeno. Se explicaría así su silencio obstinado; a esta luz, cobrarían nuevo significado algunas anotaciones. Por ejemplo, la de marzo 30, al partir de Montevideo: *"Me parecía notar en la mirada de los amigos una despedida más que afectuosa, que iba más allá del buque, como si me vieran por la última vez. Hasta creí que la gente que llenaba el muelle me miraba fijamente como a un predestinado... ".* O la de abril 3, en que confiesa en un momento de exaltación: "*... me han entrado unas aureolas de grandeza* *como tal vez nunca haya sentido. Me creo notable, muy notable, con un porvenir, sobre todo, de gloria rara. No gloria popular, conocida, ofrecida y desgajada, sino sutil, extraña, de lágrima de vidrio".* Y hasta en los momentos más duros de la miseria parisina (el 3 de junio, por ejemplo) se compadece de su propio destino con estas palabras: *"¡Oh brillante porvenir de literatura, perdido porque faltó un día qué comer!"*

La lectura del *Diario* suministra, en cambio, otros motivos de atracción que permitirán contestar en parte y en términos menos conjeturales la pregunta formulada. Ellos son: la Exposición Universal de París y las competencias ciclistas. En efecto, en los meses en que Quiroga visitó París se inauguró la cuarta Exposición Universal con sede en la capital francesa. Era un esfuerzo gigantesco que impresionó fuertemente al joven como se desprende de sus anotaciones, por lo general tan sucintas. Y lo que evidencia su sensibilidad es que Quiroga haya subrayado más los valores estéticos que el mero progreso material que la Exposición significaba. Una publicación salteña de la época confirma una de estas atracciones al anunciar la partida de Quiroga y expresar que *"Horacio como le llamamos sus íntimos se propone visitar la Exposición Universal, habiendo contraído con nosotros el compromiso de relatarnos por carta sus impresiones, las que serán publicadas en nuestra hoja como valiosas colaboraciones".*[7]

Rivalizando con esta atracción, y aparentemente igualándola, aparecen las carreras de ciclismo. Quiro-

---

[7] Véase *La Reforma*, año III, Nº 688, Salto, marzo 20, 1900, pág. [1], col. 4. Las colaboraciones mencionadas se transcriben, íntegras, en el Apéndice documental, Sección D) Correspondencias desde París.

ga le dedica muchas páginas del *Diario* y en ellas se puede captar el eco vivo de su entusiasmo. Para el joven, no era el ciclismo sólo un espectáculo. Él era, ante todo, un corredor. Sus biógrafos han evocado ya sus hazañas primeras, su contagiosa devoción que le permitió fundar el *Club Ciclista Salteño,* su fracaso en las competencias montevideanas. Una de sus más comentadas pruebas fue la de unir (en compañía de otro entusiasta, Carlos Berruti) las ciudades de Salto y Paysandú, en un viaje en bicicleta realizado a fines de 1897. La prensa periódica salteña la registró, con verdadera complacencia, calificando a los jóvenes de *"esforzados pioneros"* y publicando en uno de sus órganos la crónica o *diario* del viaje, obra –presumiblemente– del propio Quiroga.[8] Y hasta es posible documentar ahora con sus propias palabras la exaltación que le producía la carrera: "Porque el gran atractivo de la bicicleta consiste en *transportarse,* llevarse uno mismo, devorar distancias, asombrar al cronógrafo, y exclamar al fin de la carrera: *mis fuerzas me han traído!*".[9] Con los años este fresco entusiasmo se desplaza hacia otras máquinas, el vértigo de la velocidad aumenta, y así Quiroga cumple el ciclo natural de todo aficionado: de la bicicleta a la motocicleta, luego al automóvil, por fin al

---

[8] Véase Delgado y Brignole, obra citada, págs. 53-56. No se menciona allí esta hazaña juvenil, quizá ignorada por sus biógrafos. Para la información previa al viaje, consúltese *La Reforma,* Año I, Nº 20, Salto, noviembre 25, 1897, p. 2, col. 5. La crónica aludida en el texto fue publicada por el mismo periódico en diciembre 3, 1897, p. 2, col. 1-3; se transcribe íntegramente en el Apéndice documental, Sección B) Primeras publicaciones, Nº 1.

[9] Véase el texto completo en la *Revista del Salto,* año I, Nº 10, Salto, noviembre 13, 1899, págs. 82-83.

avión. Por eso, pueden considerarse como fundamentalmente sinceras, y no como mera *boutade*, las palabras con que confió a su amigo Julio E. Payró los motivos de su viaje: *"Créame, Payró, yo fui a París sólo por la bicicleta"*. Quizá se deba descontar un pequeño margen de exageración en el recuerdo ya que en 1900 la Exposición Universal y la atracción artística de la gran ciudad contribuyeron a decidir fuertemente la realización del viaje. Pero lo que parece indiscutible, es el valor de esta declaración que desnuda, con tanta nitidez, una pasión juvenil.[10]

Conviene aclarar, sin duda, que aún en el caso de que Quiroga hubiera ido a París atraído únicamente por el ciclismo, esto no significaría que, a su juicio, la vocación deportiva fuera más poderosa que la literaria. Y precisamente en este mismo *Diario* se encarga de despejar todo posible malentendido al escribir, en marzo 20: *"Noto en esta ocasión que en iguales circunstancias —cuando oigo que hablan de literatura— me crispo como un caballo árabe. Fijo mucho la atención sobre ciclismo, u otro asunto cualquiera que me domine. Pero la sensación primera es más poderosa, más íntima, más hiriente, como la que sentiría una vieja armadura solitaria que oyera de pronto relatar y juzgar en voz baja una acción de guerra... ¿La vocación?..."*

Sin embargo, no basta determinar los motivos del viaje. Para un observador actual uno de los atractivos mayores de este episodio parisino es que se desarrolló de una manera completamente distinta a la que pla-

---

[10] A propósito de esta misma declaración, me preguntaba certeramente Julio E. Payró: "¿Se imagina Ud. a Quiroga llamando a la puerta de Henri de Régnier?"

neara su protagonista. En realidad, la muchachada de irse a París, con pocos pesos, a ver la Exposición, a recorrer pedaleando el Bois de Boulogne, a asistir a las competencias ciclistas y a los museos, a participar en las tertulias de los poetas, se convirtió, por obra del azar, primero, en una decepcionante travesía,[11] y, luego, en una sórdida aventura. Al quedar incomunicado de su familia y sin dinero, París resultaba una cárcel y la vida allí le obligaba a reproducir, involuntariamente, el suplicio de Tántalo. Así lo sentía Quiroga al escribir en junio 6: *"Bastante tranquilo. Pero no tengo con qué comer, y espero que cuando baje me den algo. Iré esta tarde a la Exposición. No tanto por verla, como por pasar de una vez la tarde que me mata. Esto parecerá increíble, pero es verdad";* o al apuntar, como resumen, dos días antes: *"La estadía en París ha sido una sucesión de desastres inesperados, una implacable restricción de todo lo que se va a coger".*

El hambre había transformado la ciudad. Ya no era más la acogedora, la cálida, que capta esta anota-

[11] El 31 de marzo anota: "¡Qué mortal pesadez! ¡Qué aburrimiento tan enorme! A veces me fastidio horriblemente en el Salto, entre mis amigos, mis cosas, etc.... ¡Y que no será aquí, solo entre italianos, genoveses y napolitanos, groseros e indiferentes! Pensar que esto durará 20 días!". Y el 22 de abril, víspera del desembarco en Génova, resume sus impresiones en estas líneas: "Por fin concluye este viaje. Es ya sabido que mañana llegamos a Génova, a las 5 p m. más o menos. Ya esto amenazaba ser fatal. Yo creo que toda la vida he estado embarcado, que no tuve nunca amigos, ni parientes, ni novia. Nadie, absolutamente nadie –por más fuerza de imaginación que se haga– es capaz de figurarse lo que es un viaje de estos. También caí yo en la sonsera de suponerme grandes soles, grandes charlas, grandes temporales; atractivos aquí y allí, en cualquier detalle, en cualquier balanceo, en cualquier escuchante. Nada, absolutamente nada. Todo es un rodar continuo, sujetando en una mano una pipa de opio, y en el horizonte la misma estúpida limpi[d]ez del agua".

ción de abril 29: *"En el Bois de Boulogne—. Hace un día espléndido, un día de América, sin viento, sin frío, casi calor con un Sol radiante y limpio. ¡Qué grande es París entonces, sin brumas y oscuridades, abierto a los cuatro vientos del bienestar y la gloria".* El hambre lo había acorralado, aislándolo, moldeando su visión. El 8 de junio lo señala él mismo: *"¿Es esto acaso vida? Yo he sufrido algunas veces; por amor, por pesimismo, aun por dinero; ¿mas es posible comparar las depresiones, por abrumadoras que sean; la falta de dinero, por más diversiones que nos impida; el amor, por más que nos olviden, con esta existencia sin dinero, sin amor, sin depresión, sufriendo sin medida, sin un momento de sonrisa, avergonzado de entrar al hotel, de tener que esperar todos los días a que me den de comer, como un pobre diablo que viene a las mismas horas a situarse en un paraje, por donde sabe pasará un caritativo cualquiera?".* Por eso podrá escribir, al día siguiente, como conclusión a estas penosas reflexiones y como exprimiendo la esencia de esta enseñanza de la miseria: *"En cuanto a París, será muy divertido pero yo me aburro. Verdad que no tengo dinero, lo que es algo para no divertirse. De todos modos, es hermosa ciudad aquella en que uno se divierte, ya se llame París o Salto. Un poeta griego de la decadencia, dijo: 'La patria está donde se vive bien'. Es un gran pensamiento. ¿Por qué he de decir yo que no hay como París, si no me divierto? Quédense en buena hora con él los que gozan; pero yo no tengo ninguna razón para eso, y estoy en lo verdadero diciendo que Montevideo es mejor que París, porque allí lo paso bien; que el Salto es mejor que París, porque allí me divierto más. ¿Qué da que otros digan lo contrario, porque aquí lo han pasado bien? Cada cual vive la vida que le es posible; y el cazador que vive en su bosque, el rural que goza con su escopeta y sus soles, tiene razón cuando afirma que el monte o el pueblo es mejor que París. ¿Qué tenemos que decir a eso? Gócese en buena hora, ya sea donde sea. El lugar que nos ha visto felices y contentos, es el mejor de todos. En París se divierten los demás; yo en Salto. ¿Diré por lo tanto que esto es mejor que aquello? Sería una estupidez".*

Incidentalmente, el *Diario* contribuye a completar en pequeños detalles la narración de sus biógrafos. Así, por ejemplo, de sus discretas indicaciones se desprende que el comercio del joven con las grisetas le dejó algo más material que *"el entumecimiento de un pájaro tropical en la nieve"*. Así, también, sus páginas aclaran que si el joven se dejó crecer la barba fue por decisión voluntaria, quizá por capricho, no por carecer de recursos para acudir al barbero.[12] Hay muchos otros ejemplos que sería ocioso enumerar ya que están al alcance de cualquier lector curioso en las notas al *Diario*.

Si la nueva información aportada por el *Diario* no llega a cambiar el signo del conocido retrato juvenil de Quiroga, ella permite, por lo menos, una visión más coherente e íntima de la aventura parisina, al tiempo que con los motivos que incorpora –la Exposición Universal de París, los museos, las competencias ciclistas– modifica y reorganiza el cuadro total en torno de un nuevo eje de simetría.

---

[12] El 4 de abril anota, entre otras cosas: "Yo me dejo la barba que tiene medio centímetro, el pelo largo y el cuerpo flaco. Unos me toman por sonzo, otros por loco: sobre todo lo primero".

II
El protagonista

El interés del *Diario* no se reduce a su aporte biográfico. Sus anotaciones constituyen, cronológicamente, el primer documento que permite el acceso a la intimidad de Quiroga. En tal sentido, su importancia es fundamental. No corresponde realizar aquí un examen exhaustivo; apenas si es oportuno subrayar las tendencias dominantes en el carácter del joven Quiroga, tal como las acerca su propia anotación cotidiana.

Ante todo, es preciso señalar la naturaleza especial de este *Diario*. Por indicaciones reiteradas parecería que Quiroga registró las incidencias de su aventura para comunicarlas luego a sus amigos del Salto –a aquellos muchachos con los que actualizara el grupo de *los mosqueteros*–.[13] En algunos momentos se dirige directamente a ellos, como si los tuviera presentes. Así, por ejemplo, anota en abril 8, nostálgico ya, y extrañando a la novia: *"Pienso en este momento que Vds. están en el cuarto, hoy Domingo, tal vez tomando mate, tal vez conversando, fumando y comiendo pan y queso; pero de cualquier manera, ahí, en el Salto, con la tranquila seguridad de que de tarde, cuando quieran, saldrán a pasear, sin pensar en nada más de lo que quieran, y que Vds., todos*

---

[13] Hacia fines de 1896, en la ciudad del Salto, Quiroga y tres jóvenes de su edad habían renovado la fraternidad de los mosqueteros. Los papeles habían sido distribuidos así: D'Artagnan, Horacio Quiroga; Athos, Alberto J. Brignole; Aramís, Julio J. Jaureche; Porthos, José Hasda. (Véase, para mayores detalles, Delgado y Brignole, obra citada, pág. 67.)

Vds., pueden verla, que la verán y no sentirán siquiera la más leve emoción, cuando yo, que estoy a 1000 leguas, tiemblo sólo de pensar que algún día la veré...". O cuando se pregunta, el 13 de abril: "*¿Qué haré mañana, Sábado de gloria, en este maldito vapor, cuando Vds., estén tan tranquilos parados en la calle Uruguay y Sarandí viendo salir la gente de la Iglesia?*". O cuando en París, durante una de sus crisis de angustia, anota (el 3 de junio): "*Acabo de levantarme. Hasta ahora he conseguido dormir bien. Me despierto varias veces a la noche, y, sueñe lo que sueñe, en seguida se me aparece la situación ésta. ¡Ah, amigo Brignole! ¡Depresiones nerviosas y musculares que nos hacen buscar con ansia la recta incomprendida de nuestro Destino! ¡Qué poco es todo eso, cuando lo que se examina no es el porvenir, sino el momento, cuando se cambiara la Gloria por la seguridad de comer tres días seguidos!*".

Podría creerse que esta forma, casi oral, responde únicamente a la costumbre, ya arraigada, de dialogar con los amigos, de confiarse a ellos en los momentos de mayor intimidad, lo que tendería a transformar el *Diario* en un largo monólogo. Pero el propio Quiroga se ha encargado de iluminar el punto, al escribir —en uno de sus momentos más patéticos, cuando se ha visto obligado a aceptar la limosna de unos francos el 5 de junio: "*A Vds., mis amigos, que leerán todas estas líneas, les deseo que nunca pasen por lo que estoy pasando yo*".

Sin embargo, lo cierto es que nunca confió la existencia de este documento a sus amigos y que hasta hoy les era completamente desconocida. Aun más; como sus mismos biógrafos lo indican, Quiroga fue siempre extremadamente reservado sobre su aventura parisina. ¿Qué pudo haber cambiado su primera decisión? El mismo *Diario* se encarga de contestar esta pregunta. El jueves 7 de junio escribe: *"Estoy en el Jardín de Nôtre-Dame. Lo paso regular, habiendo acabado de comer un vintén de pan y leyendo mi libro. Logro sustraerme por ratos con la lectura. Pero un recuerdo cualquiera de allí, el Uruguay, un vals que tocaba la Orquesta del Liceo Slava, la laguna de Palma Sola, me ponen en un estado de dolorosa* revêrie, *como si nunca más volviera a ver eso. Al solo pensamiento de que eso no está perdido para mí, un profundo suspiro me desahoga. ¡Cómo gozo entonces! Yo quiero toda la tierra en que he vivido, mis árboles, mis soles, mi lengua. No la patria, porque eso es una entidad, y si yo hubiera nacido en Alemania, extrañaría la Alemania. Pero todo diferente como es esto, solo, solo, no conversando con nadie, nadie que me consuele, es horrible. No soy un solitario; todo lo opuesto. Ahora comprendo a mi pobre madre que en casa, en el Salto, todo el día solita en los cuartos helados, paseaba amargamente su tristeza. ¡Oh mi América bendita, donde todo es grandeza y hospitalidad! ¡Cómo te adoro en París! Creo que si de un golpe me transportara a esa, lloraría, sí, lloraría abriendo los brazos a mi Madre, a mis amigos, a las tardes y a las noches. Pero todo concluirá. Aunque cuando llegue allí, sentiré mucho menos por haber satisfecho parte de mi ansia en la desaparición de esta vida, y en la progresión creciente del viaje que cada vez me acercará más, y, por lo tanto, me hará perder la emoción de la brusca traslación, aun entonces, digo, tendré horror del recuerdo de París, y estaré donde está lo que quiero"*. Aquí está, en este *horror del recuerdo* de París, la causa de su reserva, de su silencio, sólo alterados por la comunicación de alguna trivialidad, de alguna rápida confidencia.

La anotación casual y diaria permite captar el ser humano en su espontaneidad, pero, también, en su incoherencia. Por eso es necesario reiterar aquí las advertencias –ya formuladas– a propósito de su utilización como ejemplos. Hay que saber distinguir entre los numerosos rasgos, no jerarquizados, aquellos que son permanentes, y aquellos que son meramente accidentales. A esta dificultad, inherente a todo diario, se suma, en este caso, la dificultad accesoria de que Quiroga esté registrando sus reacciones en una época de transición, mientras se va formando su carácter.

Cualquiera que recorra cuidadosamente el *Diario* advertirá en seguida que en su autor cohabitan dos personalidades: la de un muchachón orgulloso y mimado, amante del juego, del baile, del *flirt*, del ciclismo, y la de un poeta decadente, que se sabe destinado a la más alta gloria, que sutiliza sus sensaciones, que transforma en literatura sus percepciones y hasta sus sentimientos. El primero, se regocija jugando al burro tiznado (marzo 31); confiesa con toda sinceridad que baila porque le gusta, no para distraerse y olvidar a su amada (abril 11); anota, con puerilidad, primitivos retruécanos en italiano o en francés (abril 7, mayo 29); y después de mucha hambre y de mucho orgullo herido, reconoce con franqueza: *"No tengo fibra de bohemio"* (junio 8).

El otro es mucho más complejo y merece atención preferente, ya que en sus rasgos se superponen auténticos sentimientos y auténtica angustia con la estilización literaria de esos sentimientos, de esa angustia. Y es necesario, en cada caso, separar cuidadosamente la pintura sin dañar el rostro. Porque Quiroga no sólo vive su aventura decadente. También se contempla vivir. Así, desde las primeras páginas, ofrece esta estampa de sí mismo: *"He sentido algo nuevo. Estoy abordo, pronto a partir para un largo viaje; tener un cielo nublado en los ojos, y en el alma el retrato de una niña queridísima que se queda en la ciudad; ponerse en marcha el vapor y sentir de pronto las tres pitadas del buque, desgarradoras e interminables, como una desmesurada despedida al cielo y la tierra y es cosa que angustia recordarlo, recostado en la borda, inmóvil y mirando fijamente la ciudad por despertarse, con las ojeras de una angustiosa noche de asma y en el corazón la irremediable certidumbre de que no la veremos más, ni hoy, ni mañana, ni dentro de un mes, ni quien sabe cuando, y que no hemos podido despedirnos de ella..."* (marzo 21).

En muchos casos la retórica finisecular le hace convertir sus impresiones en ejercicios literarios. Por eso le hablará a su novia ausente en estos términos: *"... estoy seguro de que en ese angustioso momento no dudabas de mí y hallabas las más olvidadas oraciones de niña para angelicar tus lágrimas"*; y añadirá, más tarde: *"En días como éste se vive mucho y hondamente, en el hondo de los nervios, en el epigástrico desfallecimiento de las emociones continuadas y nostálgicas"* (marzo 21). O al comunicar algunas de sus reflexiones sobre el amor no podrá dejar de anotar: *"No sé hasta que punto la visión de una belleza repetida puede operar en nosotros el olvido hacia lo que amamos. Antes bien, el cariño se afirma, tanto más cuanto que la nostalgia —esa suprema pálida— acompaña siempre nuestros movimientos y realidades. Y aún en el caso de que lleguemos a amar a otra, será una metem [p] sicosis bizarra, deponiendo sobre la plasticidad que está delante nuestro, el cariño y ter-*

nura que ofreceríamos a la otra" (marzo 25). Y en algunos casos pontificará, pretendiendo dar trascendencia a estas trivialidades: *"Realizo el sueño de que hablaba a Alberto: Una buena mañana o tarde de primavera, pasearme por el buque con el cigarro en la boca, pasearme a grandes pasos, sonriendo y si acaso mirando el mar azulado y sereno... Lo cumplo ahora, en este momento; pero no estoy 'contento'; miro el mar, fumo con gusto; mas qué diferencia de lo que uno se figura antes de partir, de conocer el hecho, cuando uno inconscientemente poetiza todo en la hermosura de lo que va a venir, que, como lo que pasó, tiene el encanto de lo dulce de la lontananza azulada o en el desastre anterior, porque nos transportamos tal como sentimos en el momento, tal vez venturosos, tal vez nostálgicos —pero alejados de la acción— a lo muerto a lo que a su vez espera impasiblemente el tiempo que ha de estelarlo en nuestra vida. ¡Ley eterna de impotencia y de angustia, que nos hace siempre abjurar de lo que nos hemos prometido de bueno, porque hoy como ayer hemos deseado otra cosa, otro algo que la existencia no cumple, llegando a formar la vida de intuiciones y retrocesos, marcados dolorosamente en nuestra memoria por la pena de lo que pasó o espera a [su] vez la hora de deslizarse. Contraste eterno de lo existente, herencia fatal que pone en nuestros nervios el germen de una esperanza que será semilla muerta, y que a su vez tendrá en nuestra memoria la vida de una semilla fértil, porque pasó, porque no es más. La gran dicha es figurarse que el momento en que deseamos o recordamos algo, es el instante feliz de nuestra vida. Ser una extensa florescencia, sin esperar el fruto que será podrido y sin desear la cosecha anterior que está anulada. No vivir más que de eso, exprimiendo de la esperanza todo el jugo que pueda dar, beberlo de un sorbo, y no buscar ni en sueños la germinación de lo que abortará de seguro"* (abril

3). Y con una curiosa mezcla de insincera idealidad y verdadero egotismo analizará su capacidad erótica, considerando unas veces a la mujer un instrumento de placer, como cuando escribe, el 25 de marzo: "... *siento un infinito deseo de caricias, de ternura que sea para mí, de brazos blancos y suaves que me abracen amorosamente*"; o intentando precisar, otras veces, sus verdaderos sentimientos: "... *estoy convencido de que –en mí– el amor es solo uno, prolongado a través de los olvidos y de las fisonomías. Después de querer a la que quiero, querré a cien más, como si vuelvo a ver a las que he querido, las vuelvo a amar de nuevo—*" (junio 1º).[14]

Detrás de esta retórica y de esta verdad se encuentra un joven para quien la soñada aventura ha de convertirse en amarga burla, un señorito criado entre sus familiares, mimado y protegido. París lo acoge con esa impersonal indiferencia de la gran ciudad extranjera. Quiroga, que en Salto –y aún en Montevideo– era alguien, se encuentra aquí entregado a su soledad, anonadado. Y antes de que haya podido endurecerse en tal aprendizaje, lo acosa el hambre y debe mendigar. Y aunque su orgullo (su honor) le impedirá el ruego, no le evitará el bochorno de la limosna aceptada. Al leer las páginas en que Quiroga anota su miseria, se siente, por detrás de la auténtica desazón, del grito incontenible o de la fría cólera, el orgullo

---

[14] Durante toda su vida, Quiroga estudiará el tema del amor, y se estudiará a sí mismo, enfrentado a la pasión o a la aventura. Gran parte de su obra literaria más ambiciosa está dedicada a explorar el tema. Por eso, estas observaciones, y otras que se recogen en el curso de esta Introducción, adquieren –por encima de su valor intrínseco– un enorme valor de referencia. Véase, al respecto, mi ensayo sobre "Objetividad de Horacio Quiroga" (Montevideo, *Número*, 1950).

encendido y lastimado. Por eso escribe, el 5 de junio, después de recibir las primeras monedas, profundamente herido: *"Es algo como si todo el pasado de uno se humillara, y en todo el porvenir tuviéramos que vivir del mismo modo"*. Y al día siguiente, hirviéndole la sangre, apuntará: *"De estos quince días que llevo así, sé decir que no tienen comparación con ninguna otra etapa, y los recordaré, siempre que se pase vergüenza e infelicidad. ¡Tener que tragar de ese modo la baba y el desprecio! Tener que aceptar lo que me dan de mala gana –estoy seguro–, y enrojecer y dar las gracias y salir ligero para no insultar y llorar!"*.

La soledad lo acosa, al tiempo que lo revela a sí mismo. El joven decadente se despojará de todo lo que es máscara, recordará los sencillos paseos, las emociones más claras, la amistad compartida. Y se hará más hombre, más auténtico. Puede asegurarse que Quiroga no se maquilla para escribir estas páginas. Aun cuando cae en la literatura es sincero: él no advierte que eso sea literatura. Y tantos momentos de sobria o ardida verdad rescatan ocasionales deslices hasta que la impresión dominante que se desprende de este *Diario* es la de un ser –entero– que vive.

III

La iniciación literaria

El *Diario* constituye, también, un valioso documento para el estudio de la iniciación literaria de Horacio Quiroga –tema que no ha obtenido aún la atención minuciosa que merece y del que se indicarán aquí sucintamente las etapas fundamentales–. En realidad, el *Diario* ocupa un lugar inestimable entre los textos –inéditos o publicados– que permiten trazar las primeras etapas de su formación, junto al cuaderno de composiciones juveniles, y a los trabajos divulgados en la prensa periódica y literaria (especialmente en la *Revista del Salto*) durante los años 1897-1900. No todos los testimonios aquí convocados presentan el mismo valor. En general, puede anticiparse que más que por su calidad literaria intrínseca, deben estimarse por su carácter de piezas insustituibles que iluminan –con ejemplar nitidez– el tránsito del joven Quiroga de un romanticismo, ya anacrónico, a un modernismo ingobernado y estridente. En esos años fermentales que abarcan el último lustro del siglo, Quiroga sufre la sucesiva influencia formativa de un Bécquer, de un Lugones, de un Poe. De estas contradictorias experiencias literarias surgirá –cada día más depurado y personal– su fuerte arte narrativo.[15]

En las páginas que siguen se trazará la iniciación literaria de Quiroga hasta su regreso de París. El período subsiguiente, que corre desde ese momento hasta la publicación de Los *arrecifes de coral* en 1901

---

[15] Al publicar en 1904 *El crimen del otro*, ya podía anticiparle Rodó, en carta privada, el aplauso por la promesa de narrador que se evidenciaba en aquella colección de cuentos. Así le escribe: "Me complace de veras ver vinculado su nombre a un libro de real y positivo mérito; que se levanta sobre los comienzos literarios de Ud., no porque revelaran falta de talento, sino porque acusaban, en mi sentir, una mala orientación". Carta de José Enrique Rodó a Horacio Quiroga. (Montevideo, abril 9 de 1904.) Biblioteca Nacional. Sección Manuscritos. Archivo de José Enrique Rodó. Segunda Sección: Correspondencia. Serie I, Segundo Grupo.

–y para el que se posee un documento único: el cuaderno preparatorio de dicha obra– será objeto de un próximo estudio en el que se completará la intervención del poeta en los orígenes del modernismo uruguayo.[16]

A) *Composiciones juveniles*

Entre los documentos y originales donados por D. Darío Quiroga, hijo del narrador, al Instituto Nacional de Investigaciones y Archivos Literarios se cuenta un cuaderno que preserva algunas composiciones juveniles (notas, poemas, narraciones), compuestas por Horacio Quiroga entre 1894 y 1897.[17] De los 43 trabajos que contiene, 22 están firmados con la inicial H.; 10, con la inicial A.; uno, con las iniciales J. J. J.; y los 10 restantes son transcripciones de poetas y prosistas de la época.[18] No es difícil conjeturar a quienes correspon-

---

[16] Instituto Nacional de Investigaciones y Archivos Literarios. Montevideo. Primera Sección: Manuscritos. "Archivo de Horacio Quiroga.", Serie I, Primer Grupo. A. Nº 1: Originales de *Los arrecifes de coral*. (Fechados entre el 25 de febrero de 1900 y el 25 de julio de 1901.) Un cuaderno de 31 hojas y dos tapas; papel sin filigrana; dimensiones: 193 x 245 mm.; interlínea: 7 a 8 mm.; estado de conservación: bueno.

[17] Instituto Nacional de Investigaciones y Archivos Literarios. Montevideo. Primera Sección: Manuscritos. "Archivo de Horacio Quiroga". Serie 1, Tercer Grupo, Nº 1: Composiciones en prosa y en verso firmadas por A. [Alberto J. Brignole], H. [Horacio Quiroga] y J. J. J. [Julio Jaureche]. (Entre 1894 y 1897.) Un cuaderno de 48 hojas y dos tapas; papel con filigrana; dimensiones: 182 x 293 mm.; interlínea: 8 a 16 mm. estado de conservación: bueno.

[18] Se transcriben composiciones de: M.[anuel] Gutiérrez Nájera, Abraham López Penha, García, Gustavo Adolfo Bécquer, [José] M.[aría] Samper, (Padre) Luis Coloma, Federico Balart y Leopoldo Lugones.

den las iniciales. A. es, sin duda, Alberto J. Brignole; H., Horacio Quiroga; J. J. J., Julio J. Jaureche. El origen de este cuaderno se halla indicado por A. en la última página, en estos términos:

"*Hace ya casi un año que comenzamos a escribir nuestros pensamientos en aras de la amistad que profesamos al amigo. En ese corto tiempo, hemos dejado entrever algunas de nuestras ideas, ocultando muchas por la imposibilidad de darles la forma y el color que queríamos. Bien o mal, hemos llenado lo que nos propusiéramos, concluyendo hoy de dar fin a estas páginas, dulce recuerdo de otros días. El amigo llevará consigo las memorias de tantas y tantas cosas que hemos sentido. Que recorra de cuando en cuando*" [Aquí se interrumpe.] [19]

Iniciado seguramente en Montevideo, en los primeros meses de 1896, cuando los *mosqueteros* se sentían nostálgicos de la patria chica, el cuaderno serviría para fortalecer los vínculos y mantener encendida la memoria del Salto. Así lo revela A., con precoz nostalgia, en la primera composición que se conserva: *Recuerdos*.[20] El cuaderno se convirtió pronto en el confidente de los dos amigos. Escribían no sólo para desahogarse; escribían *para el amigo*. E, insensiblemente, convertían en sustancia literaria sus estados de ánimo, sus pasiones, sus pensamientos, sus ambi-

---

[19] En rigor, no se trata de la última página del cuaderno, ya que ésta ha sido arrancada; es la última de las que se conservan, y como puede verse por la transcripción, deja inconcluso el texto. Debe señalarse, asimismo, que al arrancar la última página ha desaparecido también la primera.
[20] Véase el texto completo en el Apéndice documental, Sección A) Composiciones Juveniles, Nº 1.

ciones. En algún momento hasta podría sospecharse que muchas de las páginas de acento más aparentemente autobiográfico sólo eran, en verdad, ejercicios retóricos.[21] En el cuaderno registraban —con cuidadosa y, a veces, rebuscada caligrafía—[22] esos instantes en que se sentían vivir. Y era el espejo del suceder cotidiano, el testigo de sus ocios estudiantiles.[23]

Con fervor repetían a sus mayores, viviendo sus horas según el modelo becqueriano o campoamoresco. Se apresuraban a saborear la nostalgia de lo que recién habían perdido; convertían sus escaramuzas eróticas en irredimible pasión, su natural impaciencia poética en titánica fuerza. Estaban dominados por una melancolía heredada de los románticos, y cultivaban su duelo —contra lo que aconseja el fuerte Píndaro—. Y su prosa y su verso, se teñían de matices elegíacos con los que imitaban las complejas formas de la pasión.

Pero sus composiciones no respondían al mismo espíritu. Había en A. una mayor candidez, una acti-

---

[21] Hacia el final del cuaderno, y con escasa distancia una de otra, se recogen dos composiciones (una de H., otra de A.), que parecen variaciones más o menos retóricas sobre el mismo tema. Ambas se titulan "Póstuma"; ambas muestran el tema de la muerte estrechamente vinculado al de unos amores contrariados. Quiroga utilizó parte de su nota para otra publicada, un año más tarde, en *Gil Blas*. (Año I, N° 18, Salto, noviembre 13, 1898, pág. 1, col. 1.)

[22] En alguna página caligrafiada por Quiroga, la terminación de las palabras y las tildes se prolongan en una rebuscada gota de tinta que dibuja una lágrima.

[23] Ocasionalmente ejercían los jóvenes la autocrítica. Así, por ejemplo, al concluir Quiroga una composición en prosa, titulada: "Mi amada", comenta, "(El último párrafo no lo he sentido. Lo puse sin darme cuenta por qué)".

tud más positiva y dinámica; H. parecía considerarse (como Eça de Queiroz y sus amigos), un *"vencido da vida"*. En algunas páginas de este cuaderno acusa, de manera muy directa, la influencia de una olvidada obra de Max Nordau: *El mal del Siglo*.[24] Y en composición titulada, proféticamente: "Sombras", exaltaría al protagonista de aquella obra, Guillermo Eynhardt, cuyo nombre habría de usar, un año más tarde, como seudónimo.[25]

Repetidas veces traza Quiroga su autorretrato moral y psicológico y acentúa, con moroso deleite, los rasgos oscuros.[26] Cuando examina la pasión, la considera pasada e irrecuperable; abre el pecho para enseñar la llaga.[27] Su concepción del mundo, a los 18 años, es materialista y cabe en algunos aforismos con los que afila su pluma y recoge el eco inarmónico de muchas lecturas. En tal sentido resultan típicos estos que copia bajo el modesto título de "Dos o tres definiciones":

---

[24] En *Sombras* señala Quiroga, explícitamente, cuál era la afinidad que lo unía al melancólico y lamentable héroe de Nordau. El joven leyó seguramente *Die Krankheit des Jahrhunderts* (Leipzig, 1889) en la traducción de Nicolás Salmerón y García, publicada por F. Sempere y Compañía en Valencia (2 vols., s.a.).

[25] Véase el texto completo en el Apéndice documental, Sección A) Composiciones juveniles, N° 2.

[26] En la página titulada: "¡Es natural!", o en el retrato, casi autorretrato, de un pesimista de 17 años, que recoge, junto a otras cosas, bajo el título común de *Algo*, aparecen acentuados los rasgos de sombra. Véanse ambos textos completos en el Apéndice documental, Sección A) Composiciones juveniles, N° 3 y 4 respectivamente.

[27] Véase, como ejemplo, la nota titulada: "Decadencia", cuyo texto completo se transcribe en el Apéndice documental, Sección A) Composiciones juveniles, N° 5.

"*Genio —Neurosis intensa*
"*Amor —Crisis histérica*
"*Inspiración —Un trago más de agua o un bocado más.*
"*Amargura —Pobreza de glóbulos rojos*
"*Inteligencia —Más o menos fósforo.*
"*Goce —Crispación de la médula espinal.*
(Bartrina) [28]
"*Soñar —Rozamiento del cuerpo contra las sábanas.*"

Este pesimismo materialista lo lleva en determinado momento a defender el suicidio, en un artículo elocuente, pretextado por un suelto periodístico. Entonces escribirá unas palabras que el tiempo le obligaría a vivir: *"El enfermo se mata, cuando plenamente comprende que su mal no tiene cura y que entre sufrir y no sufrir es fácil la elección".*

Pero su actitud literaria pertenece a un período algo anterior y su musa no se avergüenza de dictarle los ritmos –tan fatigados entonces– de Gustavo Adolfo Bécquer. En ese momento, Quiroga repetía el caso tan curioso del creador cuya sensibilidad y cuya visión del mundo se adelantan a su estilo. El joven no había descubierto aún la forma que expresaría cabalmente sus invenciones. Y tentaba el verso. Pero no era un poeta auténtico, poeta de raíz, y nunca esta verdad fue más cruelmente notoria que en esta primera épo-

---

[28] Joaquín María Bartrina había escrito, textualmente:
Gozar es tener siempre electrizada
la médula espinal,
(Véase "De Omni Re Scibili", en *Algo*, Colección de poesías originales, Barcelona, Librería Española de I. López, 1884, pág. 13.)

ca de balbuceo, de improvisación.[29] Si hoy no pueden estimarse por su valor literario estos poemas, como testimonios de su orientación y como documentos de sus primeros ensayos, su valor permanece inalterado.

El cuaderno recoge, también, prosas o versos ajenos, copiados cuidadosamente por los jóvenes. Así pueden verse composiciones –en cuya selección no intervino siempre un estricto criterio– de Bécquer o de sus epígonos; de Balart, del padre Luis Coloma. Y si algunas de estas piezas pueden constituir un índice de sus preferencias, hay una, sobre todo, que cumple una función más importante aún, ya que permite fijar con absoluta precisión su ingreso en la corriente más viva del momento literario. Se trata de la transcripción, de puño y letra de Horacio Quiroga, de la "Oda a la desnudez" de Leopoldo Lugones. La fuerte composición del poeta cordobés precipitaría una evolución hacia el modernismo que debía de cumplirse fatalmente. En ella encuentra Quiroga el modelo insuperable del nuevo arte: la magia verbal, el poderoso erotismo, la fuerza y el empuje de las imágenes, la audacia y la pasión.[30] Todo lo que en Béc-

---

[29] Era empeñoso, pero a veces no le alcanzaban las fuerzas para rematar un poema. En el cuaderno queda un patético testimonio de estos desfallecimientos. Es el fragmento titulado "Al Genio Azul" que permanece irrevocablemente inconcluso.

[30] "La «Oda» entró a constituir el alfa de su abecedario lírico" aseguran sus biógrafos. Asimismo afirman que el Dr. Alberto J. Brignole es responsable del descubrimiento de Lugones: "Estando en Montevideo, un día del año 97, Brignole, por casualidad, se encontró con un hallazgo excepcional. No se trataba, naturalmente, ni de un nuevo astro, ni de un tesoro escondido, ni de una llave mágica: era algo más grande que todo eso, el descubrimiento de un poeta. Había dado con él leyendo las páginas de una publicación transplatina caída en sus manos al acaso. Había

quer había alimentado su sensibilidad se encuentra ahora doblemente enriquecido por la perspectiva que le descubre Lugones. Quiroga emprendería entusiasmado la nueva ruta. El primer testimonio aparece inmediatamente. Se trata de una extraña narración, titulada "Rojo y negro", que en el cuaderno está copiada después de la "Oda".[31] Su valor reside, sobre todo, en la pintura del ambiente fantasmal y de sensaciones ambiguas.

B) *Primeras publicaciones*

Hacia 1897 Quiroga se estrena en el periodismo literario bajo el seudónimo, tan significativo, de *Guillermo Eynhardt*. Según el testimonio de José María Fernández Saldaña y de sus biógrafos, Quiroga colaboró hacia esa fecha en el semanario salteño *La Revista*, que dirigía D. Luis A. Thevenet. No ha sido posible obtener –ni siquiera en la Biblioteca Nacional–

---

allí una «Oda a la Desnudez», firmada por un desconocido, Leopoldo Lugones, en la que todo parecía grandiosamente virgen: la simbología, la sonoridad, la fuerza lírica". (Véase Delgado y Brignole, obra citada, págs. 88-90.) Sin embargo, un año antes había sido publicada la Oda, como primicia, en la *Revista Nacional de Literatura y Ciencias Sociales*, que editaban en Montevideo José Enrique Rodó, Víctor Pérez Petit, Daniel y Carlos Martínez Vigil. (Véase la publicación citada, Año II, tomo II, N° 34, Montevideo, agosto 26, 1896, pág. 119, cols. 1-2.)

[31] Véase el texto completo en el Apéndice documental, Sección A) Composiciones juveniles, N° 6. El original contrasta, por su caligrafía descuidada y su aspecto de borrador, con la elegante transcripción del poema de Lugones. Una observación curiosa: después de la Oda la letra de Quiroga pierde poco a poco sus caracteres ornamentales y narcisistas, volviéndose más nerviosa e improvisada.

ningún ejemplar del mencionado año, debiendo quedar, por ahora, en blanco las necesarias precisiones que las fuentes ya citadas olvidaron hacer.[32]

Durante el 1898 Quiroga colabora espaciadamente en el semanario salteño *Gil Blas* que dirigían Luis A. Basso, Asdrúbal E. Delgado y José María Fernández Saldaña.[33] Su primera publicación documentable es un poema en prosa, titulado "Nocturno", en que la audacia metafórica no supera la de estas líneas: "... *la Luna que semeja un arco voltaico...*".[34] Poco más tarde inserta unas "Reflexiones" en las que el filósofo de veinte años aconseja desconfiar del primer amor y asegura que *"el verdadero carácter del amor es el sufrimiento"*. Y decreta, como conclusión: *"Amor que no lleva en sí una contrariedad inmensa, no es amor. Si creemos amar, pronto el llanto nos nublará la pupila"*.[35] Unos números después, súbitamente envejecido en diez años, pronuncia una prematura despedida a su juventud en un breve artículo: "Simbólica".[36] Todas estas páginas no superan, en

---

[32] Véase, para toda esta sección, el breve artículo de José María Fernández Saldaña, "Iniciación literaria de Horacio Quiroga" (*El Día*, suplemento en huecograbado, Año VI, N° 220, Montevideo, marzo 28, 1937, págs. [2] y [3]) ; también Delgado y Brignole, Obra citada, pág. 74.

[33] El primer número de *Gil Blas* fue publicado en julio 18 de 1898; el último, en diciembre 7 de 1898.

[34] Véase *Gil Blas*, año I, N° 5, Salto, agosto 14, 1898, pág. 1, col. 2. El seudónimo aparece alterado así: Eynhadt.

[35] Véase *Gil Blas*, año I, N° 9, Salto, setiembre 11, 1898, pág. 2, col. 1. Esta vez el seudónimo se convierte en Eynhardit. Vale la pena comparar este artículo con uno que publicaría más tarde en la *Revista del Salto:* "Post-Amor". (Año I, N° 3, Salto, setiembre 26, 1899, págs. 19-20.) Allí defiende Quiroga una actitud egoísta y llega a afirmar: "Se ama a una mujer, porque «nos» proporciona buenos ratos, y su hermosura provoca en nosotros un satisfactorio bienestar".

[36] Véase *Gil Blas*, año I, N° 12, Salto, octubre 2, 1898, pág. 1, col. 2, y pág. 2, col. 1. La ortografía del seudónimo fue respetada esta vez. Quiroga

realidad, el estilo y la orientación del cuaderno de composiciones juveniles. A lo sumo, una mayor seguridad en la dicción y en el trazo, revela el progreso logrado en poco menos de dos años.

La contribución más importante de Quiroga al semanario, la que lo muestra poseedor de un interesante instrumento poético, es el poema modernista que titula "Helénica".[37] En sus versos se transparenta claramente la influencia de Lugones. En el número 18 publica el joven su última colaboración: "Póstuma", donde evoca, con la sosegada melancolía del que siente próxima su muerte, unos amores imposibles: *"Pudiéramos haber sido felices, si tú me hubieras querido un poco, si yo te hubiera comprendido más"*. Los dos primeros párrafos ya los había utilizado en la página homónima recogida en el cuaderno de composiciones juveniles, y aun cuando en esta segunda versión el tema ha adquirido mayor amplitud, no significa, en realidad, una verdadera superación. Todavía parece un *ejercicio literario*.[38]

C) *Revista del Salto*

En 1899 intenta Quiroga una empresa de mayores proyecciones: la publicación de su propio semanario.

---
reprodujo, con leves retoques, este mismo texto en la *Revista del Salto*, año I, N° 12, Salto, noviembre 27, 1899, pág. 101.
[37] Véase *Gil Blas*, año I, N° 16, Salto, octubre 30, 1898, pág. 3, col. 2. fue reproducido en la *Revista del Salto*, año I, N° 2, Salto, setiembre 18, 1899, págs. 16-17. Consúltese en el Apéndice documental, Sección B) Primeras publicaciones, N° 2.
[38] Véase *Gil Blas*, año I, N° 18, noviembre 13, 1898, pág. 1, col. 1.

La fecha es significativa. En este año de 1899 ya hacía dos que Carlos Reyles publicara la primera novela modernista uruguaya: *El extraño,* explorando simultáneamente la nueva sensibilidad y el nuevo lenguaje.[39] Ya hacía un año que –en paradójico anacronismo– saliera a luz el *Canto a Lamartine* de Julio Herrera y Reissig, único volumen de versos que se publicó en vida del gran lírico y del que bien pronto éste renegaría. El mismo 1899 vería la edición –en elegante opúsculo– del *Rubén Darío* de José Enrique Rodó: penetrante glosa crítica del poeta y oportuna adhesión del joven ensayista al Modernismo. ("Yo soy un *modernista* también", escribía.)[40] La labor de Quiroga se inscribe, pues, en los orígenes mismos del modernismo literario en nuestro país y debe ser juzgada proyectándola sobre ese fondo animado.

Es en este 1899 que Quiroga emprende la inaudita hazaña de publicar en el Salto una revista de tendencia modernista, con el subtítulo –que inmediatamente evoca la de Rodó y sus amigos–: *Semanario de literatura y ciencias sociales.* Contaba con la colaboración frecuente de Atilio y Alberto J. Brignole, de As-

---

[39] El *Diario* preserva, felizmente, la opinión de Quiroga sobre este libro: "He concluido anoche de leer *El Extraño* de Reyles. No es mala obra. Le hallo los mismos defectos que a «Beba», «Primitivo», y «El sueño de Rapiña»: mucho prosaísmo de frase, bastante chavacanería, cierta presunción que respira toda la obra. Me parecen buenas cualidades la finura de las observaciones, cierta poesía y rectitud de algunas comparaciones e imágenes, la incisión de la palabra, y buen talento dialoguista. Total: una obra buena, no mucho" (abril 19).

[40] Véase, al respecto, mi ensayo sobre "La generación del 900" en *Número* (año II, N° 6-7-8, Montevideo, enero-junio, 1960, págs. 37-62). Consúltese, asimismo, mi libro, *José E. Rodó en el Novecientos* (Montevideo, Número, 1950).

drúbal Delgado, de José María Fernández Saldaña. Pero, contaba, sobre todo, con su enorme voluntad de difundir el nuevo credo estético, de realizarse poética y literariamente. Y lanzó su programa y desafío a un medio que necesariamente debía escandalizarse ante su actitud. Es claro que la "Introducción" con que presentaba el nuevo semanario no contiene ningún pensamiento subversivo; apenas si alguna imagen altera la marcha normal del discurso.[41] Desde la primera página Quiroga invita a colaborar a todos *"los que en el Salto meditan, analizan, imaginan, y escriben esas meditaciones, esos análisis, esas imágenes"*. El propósito de la publicación no puede ser más sencillo: ofrecer una oportunidad para que alcance la luz esa producción que permanece desconocida. Y la necesidad imperiosa de publicar que siente toda generación ascendente se expresa con ejemplar nitidez a través de este programa que Quiroga sintetizó con gráfica imagen: *"El aborto es siempre menos bochornoso que la esterilidad"*.[42]

El semanario no fue totalmente modernista. No hubiera podido serlo. Debió tolerar, incluso, la intromisión de textos ajenos a las letras y aun a toda cultura.[43] Pero recogió suficiente cantidad de poemas y relatos de aquella tendencia como para escandalizar no

[41] Por ejemplo, al escribir: "... cuando el genio vive en la sangre como una neurosis, cuando acaso con un golpe de alas se puede salvar una bruma tenaz".
[42] Véase *Revista del Salto*, Año I, Nº 1, Salto, setiembre 11, 1899, pág. 1. El texto completo se transcribe en el Apéndice documental, Sección C) "Revista del Salto", Nº 1.
[43] Una empeñosa educacionista publicó a lo largo de siete números, pintorescas fichas "psicológicas" de sus alumnas, bajo el título, quizá excesivo, de "Biografías escolares".

ya a la ciudad del Salto sino a todo el país. Así, por ejemplo, el número 5 se inaugura con un artículo, titulado "Aspectos del modernismo", en el que Quiroga acepta, con evidente desafío, el dicterio de "Literatura de los degenerados" con que se ha querido aniquilar a la nueva escuela. Toda la nota merece examinarse.[44] También ostenta un acento de deliberada provocación el trabajo titulado "Sadismo-Masoquismo" que firman conjuntamente Alberto Brignole y Horacio Quiroga. En realidad, se trata de una doble narración: la primera parte traza el delirio de un sádico, cuyo erotismo intelectual se complace en crudas visiones;[45] la segunda, que afecta la forma de ensayo, trata de dibujar la compleja psicología del masoquista. La reacción contra tales páginas no se hizo esperar, y en el número siguiente ambos autores debieron publicar una "Aclaración o Definición de dos palabras: Sadismo y Masoquismo", donde reivindican, con cierta pedantería estudiantil, para ambos términos el calificativo de *neurosis*, despojándolos implícitamente del significado de vicios, con que sin duda habrían sido designados.[46]

[44] Véase *Revista del Salto*, año I, Nº 5, Salto, octubre 9, 1899, pág. 37. El texto completo se transcribe en el Apéndice documental, Sección C) *Revista del Salto*, Nº 2.
[45] En esta narración hay una imagen que prolonga morbosamente estos versos de la "Oda a la desnudez":
"Yo pulsaré tu cuerpo, y en la noche
"Tu cuerpo pecador será una lira."
Brignole y Quiroga escribieron, entonces:
"¡Pulsar un cuerpo como una lira, y después, enardecido con la vibración, romper las cuerdas!"
[46] "Sadismomasoquismo", fue publicado en la *Revista del Salto*, año I, Nº 17, Salto, enero 3, 1900, págs. 135-137 ; la "Aclaración", en el mismo semanario, año I, Nº 18, Salto, enero 15, 1900, págs. 148-49.

Quizá no implique ninguna injusticia para los otros colaboradores de este semanario la afirmación de que su interés actual parece limitado a las páginas que firma su director. No faltaron nombres ilustres (desde Bécquer a Manuel Gutiérrez Nájera); pero puede sospecharse que estas colaboraciones fueron involuntarias. Y del grupo que realmente redactaba la revista el único que puso todo de sí fue Quiroga. Su colaboración fue abundante y de valor especialísimo para determinar las influencias que obraron con mayor constancia en su formación.[47] La *Revista* recoge, ante todo, los mejores frutos de su aprendizaje con Lugones –cuya famosa "Oda" reprodujo en el semanario–.[48] Quizá el más obvio sea el poema que titula, transparentemente, L. L. Aunque, sin duda, no es el mejor. Quiroga ha forzado a su musa, ha incurrido en versos cacofónicos, y las imágenes logradas se resisten al olvido, no por su perfección o secreta gracia, sino por su extravagancia. Versos como éstos pueden ser representativos:

"*En el fondo de histéricos idilios*
"*Hay una gota amarga de fosfato*
"*Que acusa la impureza de los filtros.*"[49]

---

[47] Además de las colaboraciones firmadas, publicó muchas otras anónimas, bajo rubros tan diversos como Teatro o Sociales. Véase la lista completa en *Revista del Salto*, año I, N° 20, Salto, febrero 4, 1900, pág. 166.
[48] Véase *Revista del Salto*, año I, N° 4, Salto, octubre 2, 1899, pág. 30.
[49] Véase *Revista del Salto*, año I, N° 7, Salto, octubre 23, 1899, pág. 60. El poema completo se transcribe en el Apéndice documental, Sección C) "Revista del Salto", N° 3.

Una influencia mejor asimilada y de expresión más plena, trasluce el poema erótico que, sin título, publicó en el número 15. Aunque Quiroga aparece aquí *tout sonore encore* de los ritmos y la imaginería de la "Oda a la desnudez", se advierte cierta tónica personal en el acento más duro y cortante de sus endecasílabos.[50]

Como si no bastara la reproducción de la "Oda" en el semanario o el evidente homenaje que constituyen los poemas arriba indicados, Quiroga publicó en los números 11 y 12 un trabajo apologético y desordenado en el que su admiración por Leopoldo Lugones le dictaba estas frases:

"Como creador es un genio; como estilista es un coloso.
. . . .
"Se impone, no seduce.
"Arrebata, no encanta.
"Han dicho que Lugones —perdiendo con los años la fogosidad— ganaría mucho como escritor.
"Creemos lo contrario. Su mérito es ese: la potencia de las concepciones, el nervio de la frase.
"Su juventud es un látigo; y el día que no tenga fuerzas para esgrimirle, caerá.
"Entretanto, vive en perpetua excitación y nosotros en constante deslumbramiento.
"Él tiene lo primero que es el genio y nosotros lo segundo, que es el primer poeta de América."[51]

---

[50] Véase *Revista del Salto*, Año I, N° 15, Salto, diciembre 19, 1899, pág. 124. El poema completo se transcribe en el Apéndice documental, Sección C) "Revista del Salto", N° 4.

[51] Véase *Revista del Salto*, año I, N° 11 y 12, Salto, noviembre 20 y 27, 1899, págs. 87-88 y 99-101, respectivamente. El artículo completo se transcribe en el Apéndice documental, Sección C) "Revista del Salto", N° 5.

Pero ya las páginas de Quiroga en la *Revista del Salto* empezaban a reflejar una influencia que sería mucho más duradera, una influencia que, en realidad, actuaría en el joven escritor como agente catalítico, precipitando su hasta entonces informe vocación narrativa. Se trataba del impacto producido por la lectura de Edgar Allan Poe.[52] La primera composición que registra su huella es una titulada "Fantasía nerviosa".[53] El protagonista padece una neurosis que le impulsa a matar –algo semejante al *amok*–; asesina a una desconocida en la calle, luego a otra mujer en un baile de máscaras. Pasado el delirio, regresa a su casa y duerme, para despertarse de golpe al ver penetrar en el cuarto y tenderse a su lado a la segunda víctima. Éste es uno de los primeros ensayos de Quiroga en el difícil género del cuento y lo muestra muy novicio aún, crudo. El horror está manejado mecánicamente y nace más de las palabras que lo conjuran que de la intuición misma de los sucesos. La influencia de Poe es clarísima. En otro cuento, "Para noche de insomnio", Quiroga reconoce la vasta deuda para con el poeta norteamericano desde un epígrafe en que cita unas penetrantes palabras del ensayo de Baudelaire. El tema mismo –el muerto que resucita ante los ojos desorbitados de sus amigos– y la atmósfera enrareci-

---

[52] Sobre la influencia de Poe, en Horacio Quiroga, véase John E. Englekirk: *Edgar Allan Poe in Hispanic Literature*, New York, Instituto de las Españas, 1934, págs. 340-368. Englekirk no conocía entonces estas publicaciones periódicas de Quiroga, y no pudo utilizarlas en su trabajo. Hay traducción castellana de su ensayo en *Número*, año I, N° 4, Montevideo, setiembre-octubre de 1949, págs. 323-339.

[53] Véase *Revista del Salto*, Año I, N° 4, Salto, octubre 2, 1899, págs. 34-36.

da en que se desarrolla, indican fuertemente la filiación poeana, al tiempo que la ligera irresponsabilidad con que maneja la fantasía el joven escritor revela inmadurez y lo distingue del rigor con que trabaja sus delirios Poe.⁵⁴ Un tercer cuento, "Episodio", se nutre en la misma fuente.⁵⁵ La historia de un individuo que se convierte en gigantesco gusano para obsesionar las noches del relator, deriva en una insoluble pesadilla que reitera la irresponsabilidad ya denunciada.

Con fecha febrero 4 de 1900 se publicó el último número del semanario. Un largo artículo, suscrito por Horacio Quiroga, explica "Por qué no sale más la *Revista del Salto*". Allí se reconoce, con altivez, que su fin se debía a no haberse sabido adaptar al ambiente, y se afirma, con ingenuidad, que *"era una publicación seria, más o menos bien escrita, con buenos artículos de cuando en cuando, y 'social', en el alto sentido de la palabra"*. Pero, como no era entretenida (confiesa) y quería hacer pensar, fue rechazada con indiferencia. Porque (agrega lúcidamente) *"una publicación (...) que intenta el más insignificante esfuerzo de amplitud y penetración, cae. No se la discute, no se la exalta, no se la elogia, no se la critica, no se la ataca: se la deja desaparecer como una cosa innecesaria. Muere por asfixia, lentamente"*. Y a pesar de lo que acaba de decir, su mismo artículo demues-

---

⁵⁴ Véase *Revista del Salto*, año I, N° 9, Salto, noviembre 6, 1899, págs. 73-75.
 El cuento se transcribe en el Apéndice documental, Sección C) "Revista del Salto", N° 6.
⁵⁵ Véase *Revista del Salto*, año I, N° 19, Salto, enero 24, 1900, págs. 155-157.

tra, más abajo, que hubo resistencias, que no todos aceptaron la postura literaria de la *Revista;* lo señalan estas palabras con que prosigue: *"Toda tentativa de mostrar nuevas lontananzas, toda idea audaz que, presintiendo una nueva aurora trata de hacer desviar la vista de aquellos paisajes impuestos ya por la obcecación de una constante dirección de ojos, será rechazada por extravagante, absurda e individual".* Y después de una extensa cita de Maupassant concluirá Quiroga con estas duras y arrogantes palabras:

"Simbolismo, estetas coloristas, modernismo delicuescente, decadentismo, son palabras que nada dicen. Se trata de expresar lo más fielmente posible los diversos estados de alma, que, para ser representados con exactitud, necesitan frases claras, oscuras, complejas, sencillas, extrañas, según el grado de nitidez que aquellos tengan en nuestro espíritu.

"Todo se rebela; la ganga contra el pulido, la bruma contra el horizonte, el caballo contra el freno, y la imbecilidad contra la aurora rasgada sobre el viejo paisaje.

"Damos gracias a los que nos han acompañado en la tarea que finaliza con el número de hoy." [56]

Tal es el epitafio de su aventura como editor modernista.

---

[56] El artículo está fechado en enero 29, 1900. Véase *Revista del Salto*, año I, N° 20, Salto, febrero 4, 1900, págs. 162-65. El texto completo se transcribe en el Apéndice documental, Sección C) "Revista del Salto", N° 7. Un diario salteño publicó la siguiente necrología, "Ha dejado de aparecer el semanario literario y social la 'Revista del Salto' que con dedicación y competencia venía dirigiendo Horacio Quiroga. Lamentamos la desaparición de la 'Revista' por tratarse de una publicación que hacía honor a la intelectualidad salteña". (Véase *La Reforma*, Año III, N° 654, Salto, febrero 7, 1900. p. 1, col. 5.)

D) *Diario de viaje*

No se ha encontrado aún el cuaderno borrador que, evidentemente, llevaba Quiroga junto al *Diario de viaje*. Allí anotaría, quizá, muchas de las composiciones que luego iban a integrar *Los arrecifes de coral*. Sólo ocasionalmente recogía en las libretas alguna página. Así, por ejemplo, el 22 de abril copia un primer estado del poema en prosa que se inicia: *"Tenía la palidez elegante y mórbida..."*;[57] el mismo día transcribe un fragmento en prosa que habría de incorporarse, con cierta violencia, al "Cuento sin razón, pero cansado" con el que obtuvo el segundo premio en el concurso organizado por el semanario *La alborada*.[58] Del cotejo de ambos textos con las versiones definitivas se pueden extraer observaciones estilísticas de interés, según se señala en la nota 37 al *Diario*.

Otras veces, Quiroga se ejercitaba anotando –sin especificación alguna y en las últimas páginas de la

[57] Este poema se incorporó a *Los arrecifes de coral*, Montevideo, "El Siglo Ilustrado", 1901, págs. 19-20.
[58] El concurso de cuentos fue organizado por Constancio C. Vigil, director de *La Alborada*. El jurado, que integraban José Enrique Rodó, Javier de Viana y Eduardo Ferreira, se expidió el 26 de noviembre de 1900. El primer premio fue concedido a Oscar G. Ribas por un cuento titulado "La fruta de los olivos"; el tercero a Américo Llanos (en realidad Alvaro Armando Vasseur), por un cuento titulado "Página de la infancia y para la infancia". (Véanse las actas correspondientes en *La Alborada*, 2ª época, año IV, Nº 142, Montevideo, diciembre 2, 1900, págs. 1.345-46.) Quiroga se había presentado bajo el seudónimo de Aquilino Delagoa, y, aunque entonces ya se había revelado su paternidad, con tal nombre fue publicado el "Cuento sin razón pero cansado", en el mismo semanario. (Véase 2ª época, año IV, Nº 143, Montevideo, diciembre 9, 1900, págs. 1.359-61.) Posteriormente, Quiroga lo incluyó en *Los arrecifes de coral*, edición citada, págs. 147-160.

primera libreta– repentinas ocurrencias, metáforas aisladas, como éstas que aparecen, escritas al invertir la página, en la foja 46 v.: *"Ostentaba sobre el puente, sobre la borda, sobre el ultramarino acerado de las últimas lontananzas, su figura incomprendida y fatal".*[59]

El *Diario* preserva, incluso, composiciones que Quiroga no recogió siquiera en el cuaderno preparatorio de *Los arrecifes de coral*, como, por ejemplo, el poema a "La Venus de Milo", que fecha el 7 de mayo, o "Del Natural", que transcribe el 22 de mayo.

Pero, en esta materia el interés del *Diario* es bastante menor. Su principal, su auténtico valor, consiste, en realidad, en la luz que arroja sobre la psicología literaria de Quiroga, sobre sus preocupaciones como creador, sobre sus ambiciones y desmayos. En tal sentido el testimonio resulta único. Ya se han señalado en la segunda parte de esta Introducción la naturaleza de sus observaciones y su tendencia a convertir rápidamente en materia literaria el suceso o el sentimiento vivido. A esas indicaciones cabría agregar otras, coincidentes, que muestran a Quiroga preocupado por afinar su instrumento verbal hasta que le permita expresar los más sutiles matices que capta con aguda visión. El 31 de marzo anota, por ejemplo: *"Notablemente hermoso el color del agua. Es un verde profundo y transparente: esa es la palabra. Un verde inglés de pintura, en estado líquidamente nítido a la luz. La espuma es blanquísima; y si el borboteo de la hélice la arroja al interior de las aguas, parece verde, verde sauce, verde nilo".* Y al

---

[59] Véase la nota 44 *al Diario*. En las fojas 47, 47 v. y 48 de la primera libreta aparecen anotaciones semejantes.

día siguiente, con menor acierto, agrega: *"Vuelvo a observar con detención el mar a los costados del buque; es un color indefinible, ahora que el Sol da de lleno. Es un azul tan verdoso y un verde tan azulado que da la perfecta ilusión de la solución de una piedra preciosa. Es tan pura el agua, limpia y transparente que parece que respirara. Es un color profundo y transparente. A la tarde, cuando el Sol declina sobre la horizontabilidad encrespada de las olas, sus crestas se despenachan en una lluvia de topacio crema, finamente opalescentes sobre el verde intenso de la plana".*

Pero, hay anotaciones, mucho más reveladoras, que se refieren a la creación literaria misma, y que presentan a Quiroga oscilando entre una pura alegría, una dichosa exaltación, en que se siente seguro de sí y escribe, sin rubor: *"... me han entrado unas aureolas de grandeza como tal vez nunca haya sentido. Me creo notable, muy notable, con un porvenir, sobre todo, de gloria rara. No gloria popular, conocida, ofrecida y desgajada, sino sutil, extraña, de lágrima de vidrio"* (abril 3) —hasta un estado de depresión, en que experimenta la náusea del creador hacia su propia obra: *"Abril 5— 4 p.m. Acabo de dejar el lápiz, impotente por completo para escribir. Hay días así, y esto me ha pasado dos o tres veces en este viaje. Es una laxitud, una repugnancia enorme; parece que lo que escribo fuera vomitado, dejándome igual impresión. Fuera en esos momentos tan difícil seguir escribiendo como comer dulces en seguida de una indigestión".*[60] También lo

---

[60] Hay otros momentos de depresión ; por ejemplo éste, de mayo 29: "Me queda –y creo por toda la vida– la desconfianza de mí mismo. No porque no pueda escribir cosas que me agraden, sino porque creo que lo que me gusta no gustó a los demás, y aún más, porque los versos no tienen más valor que la música y una que otra variedad de estilo".

muestra el *Diario* escudriñándose, infatigable en el análisis, intentando describirse (o quizá descubrirse):

"Anoche masculté mientras dormía cosas literarias. Apenas me levanté hoy, comencé a escribir; después de comer, a escribir. En este momento dejo el papel y tomo la libreta. Estoy contento porque he sacado algo que me ha satisfecho enormemente. Es una fantasía. ¿Me gustará lo mismo de aquí a cuatro meses? Es difícil. De cualquiera manera, hoy gozo, porque veo que no he muerto, que aún —trabajándome— puede que llegue a no mala altura.

"Hay días felices. ¿Qué he hecho para que hoy por tres veces me haya sentido con ganas de escribir, y no solo eso, que no es nada; sino "que haya escrito"? Porque este es el flaco de los desequilibrados. 1º: No desear nada; cosa mortal. 2º: desear enormemente, y, una vez que se quiere comenzar, sentirse impotente, incapaz de nada: Esto es terrible.[61]

"Nos falta la acción. Colocamos un magnífico mango a la azada, y, al primer golpe, se quiebra el hierro. O si no, en cuanto tomamos la herramienta, las fuerzas nos abandonan por completo. Si es infierno el aborto, infierno es no producir. En aquel todavía puede gritar el germen desesperado; en éste

---

[61] Quiroga siempre se creyó un fronterizo de la locura, para emplear la calificación que él mismo aplicó al héroe de "El vampiro" (*Más Allá*, 1935). Lo prueba esta anotación de su *Diario*; lo confirma, esta otra, escrita 36 años más tarde, en una carta a Ezequiel Martínez Estrada: "Bien sé que ambos, entre tal vez millones de seudo semejantes, andamos bailando sobre una maroma de idéntica trama, aunque tejida y pintada acaso de diferente manera. Somos Vd. y yo, fronterizos de un estado particular, abismal y luminoso, como el infierno. Tal creo." Carta de Horacio Quiroga a Ezequiel Martínez Estrada. (San Ignacio, mayo 21, 1936.) Instituto Nacional de Investigaciones y Archivos Literarios, Montevideo, Primera Sección: Manuscritos. "Archivo de Horacio Quiroga", Segunda Sección: Correspondencia. Serie 1, Segundo Grupo.

el músculo se hunde en el vacío, como un brazo que agita desesperadamente una honda que no tiene piedra" (abril 7).

Y lo revela, en fin, en sus últimos días de suplicio tantálico, aprendiendo que el hambre es, a veces, compatible con el arte: *"Esta mañana no almorcé, porque no tenía con qué. Sin embargo, tenía mucha hambre. Y a pesar de todo, estos son los días más inspirados que he tenido. Héteme escribiendo a menudo. Y creo que no con mal resultado"* (mayo 29). Aunque otras veces la dura lección sea distinta: *"En el Luxemburgo. Vengo todas las mañanas. Hace un día espléndido. El jardín precioso. Me siento inspirado; pero no puedo escribir nada. Si trazo un renglón y busco una rima, en el interior estoy buscando qué comer"* (junio 6).[62]

De regreso a Montevideo, Quiroga iría depurando lentamente sus impresiones, fijándolas en breves páginas, con las que colaboró en distintas publicaciones literarias o reviviéndolas en el tumulto juglaresco del *Consistorio del Gay Saber*, hasta apresar en Los *arrecifes de coral* o en *El crimen del otro* la esencia –y, también, los accidentes– de su experiencia parisina, de su aprendizaje modernista.

---

[62] Los versos aquí aludidos serían, quizá, los que Quiroga tituló: "Versos escritos con hambre". (Véase José L. Gomensoro, "Crónicas Literarias. De cómo pasa, en la historia de las letras de América, la figura de Quiroga", en *Salto en su centenario* (1837-1937), pág. 101.)

[Diario de viaje a París, de Horacio Quiroga]

[Primera libreta]

/Salto, Marzo 20 — 1900 —   f. [1]
/[En blanco.]   f. [1. v.]
/[Comienza en el segundo renglón.]   f. [2]

A bordo del "Montevideo" — Marzo 21 de 1900, 7 a.m. —Cuesta mucho hacer un viaje, aunque la distancia a que nos alejemos sea corta. El principio de inercia parece retratarse en el cerebro, y se sufre con la traslación de los puntos de mira afectivos. Y cuando nos alejamos por mucho tiempo, lejos, muy lejos, el espíritu siente la sacudida de un presentimiento que nos ahoga. Es pena abandonar la ciudad en que se ha vivido, los amigos, las costumbres, los horizontes, la familia, los cielos; quebrar ([con]) con todo lo que ha apoyado el índice en nuestros sentimientos buenos, y ha respondido *(con un canto)* ([buenamente]) a nuestros deseos de agradar; acariciar tristemente en nuestra retina la suprema visión de nuestros buenos padres y amigos / que nos despiden con pa-   f. [2 v.]
ñuelos... pero nada es todo esto; cuando hay una ni-

ña [¹] que queda llorando ([en su cuarto]) por nosotros en su cuarto, solita y temerosa de que la oigan.

¡Cuánto te quiero, mi alma! Todo es para tí, mi vida y mi desolación. De nada me he acordado cuando partía. Todos mis amigos estaban abordo y me rodeaban y me despedían calurosamente, ([nada]) Solo tú faltabas. Pero estoy seguro de que en ese angustioso momento no te ([olvidabas]) dudabas de mí y hallabas la[s] más olvidadas o. aciones de niña para angelicar tus lágrimas. Hoy vas a la iglesia. No sé lo que rezarás. Creo, sí, que ([ahora, 8 a m]) en este momento, 8 a. m. en que estás en ([.........]) misa, a pesar de todo, de todo, / pensarás en mí.

f. [3]

—He sentido algo nuevo. Estoy abordo, pronto a partir para un largo viaje; tener un cielo nublado en los ojos, ([en]) y en el alma ([un]) el retrato de una niña queridísima que se queda en la ciudad; ponerse en marcha el vapor, y sentir depronto las tres pitadas del buque, ([largas e]) desgarradoras e interminables, como una desmesurada despedida al cielo y la tierra y es cosa que angustia recordarlo, recostado en la borda, inmóvil y mirando fijamente la ciudad por despertarse, con las ojeras de una angustiosa noche de asma [²] y en el corazón la ([cer]) irremediable

[¹] Se llamaba, probablemente, Sara, según se deduce de lo anotado por Quiroga el 21 de abril.

[²] Quiroga padecía de asma desde su infancia. En la adolescencia intentó combatir la enfermedad con cloroformo, llegando a habituarse peligrosamente a esta droga. Una narcolepsia provocada por el abuso de la misma, unida a insistentes recriminaciones de sus familiares y amigos, le movió a abandonarla. El asma desapareció milagrosamente durante el largo viaje que realizó en 1903 como fotógrafo de la expedición dirigida por Leopoldo Lugones y con destino a las Misiones jesuíticas. (Véase Delgado y Brignole, obra citada, págs. 74, 143, 147-149.)

certidumbre de que no la veremos más, ni hoy, ni mañana, ni dentro de un mes, ni quien sabe cuando, y que no hemos podido despedirnos de ella...

—4 p.m. Siento un poco de calma. Parece / que las 9 horas trascurridas se han dilatado en mi existencia. Ya no pienso tanto en que *he dejado de verla*, sino en que la *voy a ver*. En días como éste se vive mucho y hondamente, en el hondo de los nervios, en el epigástrico desfallecimiento de las emociones continuadas y nostálgicas.

f. [3 v.]

Hubiera querido hablar con ella, sin embargo. La he visto ayer, contra todo ([.........]) lo que me esperaba; y si algo quedará por siempre en mi memoria, es el corto minuto en que la miré cuando volvía de noche con su mamá. ¡Pobrecita! Sin duda sentía lo que yo, porque no caminaba bien. Llevaba la cabeza inclinada, y cuando al subir la escalera quedó rezagada para volverse y mirarme, despacio lentamente, dolorosamente, sentí enormes deseos de cruzar la calle y / correr a arrodillarme. Que sus manos se posaran en mi cabeza y estaba contento. No puede haber hombre ([cual]) malo cuando una mujer ([nos]) le quiere. El amor es la suprema redención. ([y el supremo]) Mucho nos conmueve pensar que es hermosa, buena, inteligente la niña que acaso pueda amarnos; pero cuando decimos sencillamente: *me quiere*, el alma se torna un niño querido. Ese es el gran atractivo de todas las mujeres, en todos los casos y en todos los hechos. Nos hacemos grandes al recordar que un sencillo y tierno corazoncito guarda y ama la imagen vulgar de cualquiera de nosotros

f. [4]

—Oigo este diálogo en la mesa:

—... "es un estilo rarísimo.
—Sí, muchísimo. Todas las obras de Belot son así.
f. [4 v.] /—Esta es muy buena.
—Hay otra, "La mujer de fuego. [³] Una gran cosa. ¿No conoce?
—No. ¡Qué buen novelista! Llevo leídas las tres cuartas partes y no conozco todavía, ([y]) ni presumo siquiera el desenlace.

. . . .

Noto en esta ocasión que en iguales circunstancias — cuando oigo que hablan de literatura — me crispo como un caballo árabe. Fijo mucho la atención sobre ciclismo, [⁴] u otro asunto cualquiera que me domine. Pero la sensación primera es más poderosa, más íntima, más hiriente, como la que sentiría una vieja armadura solitaria que oyera de pronto relatar (*y juzgar*) en voz baja una acción ([comentada]) de guerra..
¿La vocación?...

f. [5] ([Febrero 2]) Marzo 22 — Mala noche. / Bastante tranquilidad de espíritu, tal vez atonía, muy probablemente motivada por el acceso patológico.
—Observo que el agua detrás de la hélice tiene

[³] *La femme de feu*, de Adolphe Belot (1829-1890), se publicó en francés en 1872. Su autor pertenecía a la escuela naturalista y se especializaba en temas escabrosos, como lo indica bastante claramente el título de esta novela. Belot colaboró con Alphonse Daudet en una versión teatral de *Sapho* (1883). La mención hecha por Quiroga es evidentemente despreciativa.

[⁴] No es necesario subrayar el valor de esta declaración que, al mismo tiempo, revela la pasión de Quiroga por el ciclismo y señala la primacía de su vocación literaria. (La primera libreta del *Diario* preserva otro signo elocuente de su afición por el ciclismo: en el ángulo superior izquierdo de la contratapa anterior se encuentra, dibujada a lápiz por Quiroga, una diminuta bicicleta.)

un notable color de dulce de leche claro — Una hora antes de llegar a Montevideo, nótase perfectamente el límite del agua dulce a la salada. El color rojizo sucio se corta de momento.
—Marzo 23. Montevideo. 6 - 10 p.m. En la plaza Independencia, en compañía de Jaureche, Delgado y Brígnole. [5]
¡Y pensar que a esta hora la estaría viendo!...

—Marzo 24 Montevideo. Paso por la librería de Ibarra [6] y entro caprichosamente:
—¿Lugones?...
—Qué tiene! cómo?...
/—Si tienen libros de él. f. [5 v.]
—¿De Lugones?
—Sí.
Me observa el dependiente con cierta extrañeza y me dice con una semi-sonrisa de conmiseración y superioridad:
—¿De uno que escribe cuentos en *Caras y Caretas*?!...

[5] Sus amigos del Salto: Julio J. Jaureche, Asdrúbal E. Delgado y Alberto J. Brignole. Para su vinculación con el primero y el último, véase la Introducción, III, A. Hacia 1898 Quiroga trabó amistad con Asdrúbal E. Delgado, entonces redactor, juntamente con Luis A. Basso y José María Fernández Saldaña, del semanario salteño *Gil Blas*. (Véase, al respecto, la Introducción, III, B.)

[6] La Librería Argentina, pertenecía a D. Francisco Ibarra y estaba ubicada en la calle Cámaras (hoy Juan Carlos Gómez), esquina Rincón. (Véase la *Nómina de los señores suscriptores de la compañía telefónica de Montevideo Limitada*, Montevideo, enero de 1900, página 53. Un ejemplar de la misma nos fue cedido por el Director del Museo Histórico Nacional, señor Juan E. Pivel Devoto.)

No puedo contener a mi vez una sonrisa y le respondo.
—De él mismo.
—No hay ninguno.[7]

Marzo 25 — No sé por qué; pero cada mujer hermosa que pasa al lado mío, cada gracia en la cabeza, cada ternura en los movimientos, me llevan enseguida a una silenciosa comparación y digo en mi interior: Ella es más dulce, más hermosa ([!])…

/No sé hasta qué punto la visión de una belleza repetida puede operar en nosotros el olvido hacia lo que amamos. Antes bien, el cariño se afirma, tanto más cuanto que la nostalgia — esa suprema pálida — acompaña siempre nuestros movimientos y realidades. Y aún en el caso de que lleguemos a amar a otra, será una metemsícosis bizarra, deponiendo sobre la plasticidad que está delante nuestro, el cariño y ternura que ofreceríamos a la otra.

Acaso la edad, acaso el amor. Pero siento un infinito deseo de caricias, de ternura que sea para mí, de brazos blancos y suaves que me abracen amorosamente. No pienso en nada sin que desee ofrecérselo. Mi felicidad sería tenerla a mi lado, siempre, olvidándome de que estábamos casados. Toda mía, sin leyes. Todo suyo, por la fuerza de nuestros juramentos, y más que todo, por la ternura de / de nuestros abrazos.

—En Montevideo: un verdulero que compone bo-

---

[7] Para la admiración de Quiroga por Leopoldo Lugones véase la Introducción, III, A.

tines y un afilador que compone paraguas, y un vendedor de naranjas que compone sillas —

28 de Marzo — Acabo de escribirla. Me parece que la he visto y soy casi feliz —

30 de Marzo — Abordo del *Cittá di Torino* — 6.10 p. m. — Llaman a comer y en ese momento partimos.[8] He sentido antes de embarcarme algo notable, que no es presagio ni abatimiento, ni pérdida; es algo indefinible, vagamente punzante, fuertemente nostálgico, algo así como la impresión que queda en nosotros al despertar de un sueño en el cual *(hemos)* soñado una felicidad anhelada, una caricia de rubia, ([que]) de la cual no podemos darnos / cuenta con precisión. Mi madre hacía rato que lloraba en silencio; yo ocupado en atar el baúl, sentía sobre mí su mirada, su mirada de madre. Sólo me dijo después de un rato de abrazarme llorando: ¡Dios te proteja, mi hijo!. Y mis amigos en el muelle, la tarde nublada y lluviosa, todo quedaba, en mi casa, en el muelle, en el cielo.

Me parecía notar en la mirada de los amigos una despedida (*más*) que afectuosa, que iba más allá del buque, como si me vieran por la última vez. Hasta creí que la gente que llenaba el muelle me miraba fijamente, como a un predestinado…

f. [7]

[8] En la lista de salidas conservada en la Dirección de la Marina Mercante, Horacio Quiroga figura como el único pasajero de primera clase embarcado en el *Cittá di Torino*, en Montevideo, el 30 de marzo de 1900. La profesión que se le reconoce es la de comercio. Embarcaron nueve personas más, pero todas de tercera clase. (Véase Dirección de la Marina Mercante, Sección Estadística, "Listas de salidas de pasajeros vía ultramar", tomo 24, año 1900, Carpeta Marzo.)

Ha demorado largo rato en partir el vapor. El mar comenzaba a picarse, pero el viento, muy intencionado al anochecer, ha amainado. A las 7 y 30 p.m. ha parado el vapor y ha des- /[pa]chado una lancha con motivos sanitarios. Al atracar de vuelta, bailaba como una nuez, muy dispuesta a estrellarse contra el buque; casi van al agua 4 o 5 marineros. Ahora he comprendido el temor de arrimar con temporal o poco menos.

El vapor es pésimo. Relativamente pequeño, no hay distinción ninguna entre 1ª y 2ª; hay 1ª clase y 2ª clase; eso es todo.[9] No tiene salón. El comedor hace de todo: un cuarto grande de 12 mts. por 6, sin alfombra, paredes de madera sencilla, cuatro mesas sucias, un piano en un rincón, entre dos mesas sucísimas de servicio... ([Los cam]) La comida, veremos. Los camarotes amplios, sencillos, casi por demás. No hay comparación posible entre / este buque y cualquiera de los fluviales. *El Tritón* es, al lado del *Cittá,* una joya insuperable. Servicio no malo. Se habla puro genovés a bordo.

Marzo 31 — Me levanto a las 7 a.m. Está lloviendo definidamente. El mar bastante agitado comunica al vapor voluptuosos vaivenes como no los he sentido nunca. Ni asomo de mareo. Estamos recluidos en el salón. Es lo malo que tienen estos vapores; carecen de

[9] En realidad, Quiroga se equivoca aquí y vuelve a equivocarse en la anotación de abril 22. El *Cittá di Torino,* sólo tenía 1ª y 3ª clases, como se indica en la lista de salidas. (Véase nota anterior.) Por su parte, sus biógrafos consignaron lo siguiente: "Se embarcó como un dandy: flamante ropería, ricas valijas, camarote especial..." Por la anotación de abril 4, en que Quiroga menciona a un "compañero de cuarto" se puede comprobar que no hubo tal camarote especial. (Véase Delgado y Brignole, obra citada, página 99 y la foja 16 v. de esta libreta.)

galería, de toldillas. O adentro o mojándose. Notablemente hermoso el color del agua. Es un verde profundo y transparente: esa es la palabra. Un verde inglés de pintura, en estado líquidamente nítido a la luz. La espuma es blanquísima; y si el borboteo de la hélice la arroja al interior de las aguas, parece verde, verde sauce, verde nilo.[10]

/ 3 p.m. — ¡Qué mortal pesadez! ¡Qué aburrimiento tan enorme!. A veces me fastidio horriblemente en el Salto, entre mis amigos, mis cosas, etc… ¡Y que no será aquí, solo entre italianos, genoveses y napolitanos, groseros e indiferentes!. Pensar que esto durará 20 días! f. [8. v.]

4 p.m. Me he puesto a silbar algunas canciones que me recuerdan los más gratos hechos de dos años a esta parte, y he sentido ganas de llorar, sí, de llorar. Un vals mortal cuyos compases están tan ligados con la memoria de mi novia que me hacen sufrir voluptuosamente, como el recuerdo de una dicha que hemos perdido por nuestra voluntad; polkas, romanzas, todo lo [que] se canturrea sin motivo y distraído, y que aquí, / en plena mar, lejos de ella, tan dulce es. f. [9]

9 ½ p.m. — Acabo de jugar al burro tiznado [11]

---

[10] Esta preocupación juvenil de Quiroga por el matiz contrasta con la actitud del hombre maduro. Recuérdese la anécdota del viaje por el Paraná en 1929 acompañado por sus amigos, los pintores Julio E. Payró y Carlos Giambiaggi. Al contemplar un crepúsculo, los últimos rivalizaban en distinguir y precisar sus variadas tonalidades, mientras Quiroga los escuchaba con creciente impaciencia, hasta interrumpirlos exclamando: "Los pintores dirán todo lo que quieran, pero para mí eso es negro y blanco". Olvidaba que treinta años antes, él había sabido deleitarse con el mismo juego. (Véase Delgado y Brignole, obra citada, página 358. La fecha del episodio, que no se registra allí, ha sido comunicada por D. Julio E. Payró.)

[11] Juego de salón, caído en desuso.

con tres chicas muy monas que van de viaje a Génova y tres ciudadanos con los cuales tengo cierta relación. He pasado un buen rato, amén de mi cara que ha sentido tres veces la maliciosa presión de las manos femeninas.

10 ½ p.m — Nos ha invadido de pronto una fosca neblina que en un minuto ha cerrado el mar y en dos minutos ha ocultado las estrellas. Se nota una sorda agitación abordo. La oficialidad está en el puente alto, observando inclinados el mar. El capitán da una orden y suena el pito del vapor. / Advierte a la posible proximidad de los buques. Los pasajeros están en el puente bajo, en grupos, y algunos inclinados a la borda. La neblina es cada vez más densa. A través de ella muje el mar. De repente suena otra vez el pito ([¡]) ay Han dado orden de que cada dos minutos se haga oír. Las mujeres presienten horribles catástrofes, choques. El vapor no disminuye la marcha y atraviesa cabeceando la bruma, con sus faroles apenas percibidos en lo alto, ([como]) en una suave iluminación de la niebla…

A las 11.30 queda el mar otra vez limpio, y me voy a dormir.

Domingo 1º de Abril — 10 a.m. Ante todo, la hubiera visto al salir de la misa de 7 con su sombrerito de paja…….

/— He concluido anoche de leer *El Extraño* de Reyles. No es mala obra. Le hallo los mismos defectos que a "Beba", "Primitivo", y "El Sueño de Rapiña": mucho prosaísmo de frase, bastante chavacanería, cierta presunción que respira toda la obra. Me parecen buenas cualidades la finura de las observaciones, cierta poesía y rectitud de algunas ([observaciones]) comparaciones e imágenes, la incisión de la palabra, y buen talento dialoguista. Total: una obra buena, no mucho.

Veamos "El Sueño de Rapiña". Yo creo que este libro no merecía ser editado. Todo él cabe en una página con moraleja y todo. Me parece una zoncera el tal sueño. Nada notable en cuanto a estilo, con el desastre de las alocuciones femeninas, que son todo lo amanerado y antiliterario / que se puede ser. Puede que no alcance ([yo]) el sentido profundo de la obra. (Yo no veo más que una pavada cien veces repetida.) [12]

f. [10 v.]

—Vuelvo a observar con detención el mar a los costados del buque; es un color indefinible, ahora que el Sol da de lleno. Es un azul tan verdoso y un verde tan azulado que da la perfecta ilusión de la solución de una piedra preciosa. Es tan pura el agua, ([y tan]) tan limpia y transparente que parece que respirara. ([ba]). Es un color profundo y transparente. A la tarde, cuando el Sol declina sobre la horizontabilidad encrespada de las olas, sus crestas se despena-

[12] *El extraño*, fue publicado en 1897. *Beba*, es de 1894; *Primitivo*, de 1896; *El sueño de Rapiña*, de 1898. Adviértase que Quiroga no ahorraba los juicios lapidarios. Casi todas sus reacciones –en este *Diario* principalmente– muestran la misma impetuosidad, el mismo ataque directo. Por otra parte, en los conceptos sobre la crítica que inauguran su ensayo sobre Leopoldo Lugones, había afirmado, ya en 1897, la imposibilidad de la crítica objetiva, sosteniendo que "la idiosincrasia [del que juzga] niega lo que no está en su cuadro; los nervios recusan toda vibración extraña; la ampliación se restringe en un solo punto de mira". (Véase el texto completo en el Apéndice documental, Sección C) "Revista del Salto", N° 5: Leopoldo Lugones.)

chan en una lluvia de topacio crema, finamente opalescentes sobre el verde intenso ([del p]) de la plana.

f. [11]   /11. p.m. Hoy de doce a tres y media hemos jugado a prendas en el puente de popa, las tres o cuatro muchachas de anoche y los mismos individuos. Ellos son grandes tipos; hice con una de ellas la pajita inglesa,[13] cosa que propuse con incertidumbre, con una moción de que en castigo la poseedora de la prenda diese su mano a besar al que prefiriera. Por cierto que fui yo el elegido y lo hice con mucho gusto. El caso agradó y se repitió varias veces. A las 7 p.m. ocurriósenos que pudiéramos bailar y ([de 1]) fueron las chicas con la propuesta al capitán. Éste dijo que sí, además de la mesa que nos prepararía con cerveza helada, refrescos, etc. Fuimos al puente intermedio. Las luces de dos lamparillas de 50 bujías daban

f. [11 v.] una luz / marina muy intensa. Era en un corredor, o más bien, en la parte libre entre las chimeneas y el bote que cruzaba el babor. Total, un espacio de 20 metros por cuatro, de madera y con cierta inclinación muy pronunciada hacia la borda. Hacía calor, mucho calor por la inmediación de las máquinas. La baranda del norte estaba cerrada con lonas, a pesar de lo cual entraba, a veces, una fuerte ráfaga de aire fresquísimo. Al cabo de una hora de baile sentí un ruido seco, de chasquido, muy repetido: la brea de las junturas de las tablas se derretía y pegándose a los pies, marcaba y estallaba en el piso. Se bailó mucho, con un aristón[14] del comandante: polkas, valses, y mazurkas.

[13] Juego de salón, con prendas, que ha caído en desuso.
[14] Instrumento musical hoy en desuso. Es una armoni-flauta que funciona mecánicamente por medio de un manubrio.

Hice temporada casi [.........] / con una chica Ada, personita de regular estatura, cara linda, cutis impagable, blancura exacta y bastante pavita. Es delgada: baila regular. Tocaron de golpe la mazurca trágica: "Excelsior".[15] Me costó algo recordarla, y no me impresionó. ([recordarla.])

Abril 2. — 2 p.m. Ayer pensaba melancólicamente en mi novia, de una manera distante. Acordéme de pronto de que hacía apenas 10 días que había dejado de verla. Me llenó de estupor: creía que fueran 2 meses por lo menos. ¡Tanto he vivido en este término de tiempo!.....

Abril 3 — 3 p.m. Realizo el sueño de que hablaba a Alberto:[16] Una buena mañana o tarde de primavera, pasearme por el buque con el cigarro en la boca, / pasearme a grandes pasos, sonriendo y si acaso mirando el mar azulado y sereno... Lo cumplo ahora, en este momento; pero no estoy *contento;* miro el mar, fumo con gusto; mas qué diferencia de lo que uno se figura antes de partir, de conocer el hecho, cuando uno inconscientemente poetiza todo en la hermosura de lo que va a venir, que, como lo que pasó, tiene el encanto de lo dulce de la lontananza azulada o en el desastre anterior, porque nos transportamos tal como sentimos en el momento, tal vez venturosos, tal vez

---

[15] Se trata, probablemente, de una mazurca del ballet *Excelsior* del compositor italiano Romualdo Marenco (1841-1907), obra que gozara de extraordinaria popularidad a fines del siglo. Por lo que escribe Quiroga parece ligada a algún episodio sentimental de su vida.
[16] D. Alberto J. Brignole. (Véase la nota 5.)

f. [13]

nostálgicos — pero alejados de la acción — a lo muerto a lo que a a su vez espera impasiblemente el tiempo que ha de estelarlo en nuestra vida. ¡Ley eterna de impotencia y de angustia, que nos / hace siempre abjurar de lo que nos hemos prometido de bueno, porque hoy como ayer hemos deseado otra cosa, otro algo que la existencia no cumple, llegando a formar la vida de intuiciones y retrocesos, marcados dolorosamente en nuestra memoria por la pena de lo que pasó o espera a [su] vez la hora de deslizarse. Contraste eterno de lo existente, herencia fatal que pone en nuestros nervios el germen de una esperanza que será semilla muerta, y que a su vez tendrá ([y]) en nuestra memoria la vida de una semilla fértil, porque pasó, porque no es más, La gran dicha es figurarse que el momento en que deseamos o recordamos algo, ([él]) es el instante feliz de nuestra vida. Ser una extensa florescencia, sin esperar el fruto que será podrido y sin desear la cosecha anterior que está anulada.

f. [13 v.]

/ No vivir más que de eso, exprimiendo de la esperanza todo el jugo que pueda dar, beberlo de un sorbo, y no buscar ni en sueños la germinación de lo que abortará de seguro.

Oigo ([l]) a menudo música, músicas conocidas, que me dejan completamente visionario. Germina en mi cabeza — hace días — la idea de hacer una novela. La dejo obrar, no animándome, por ahora, a provocar un parto que creo será prematuro. En París o en Buenos Aires, probaré... [17]

[17] Las indicaciones que ofrece Quiroga no permiten conjeturar a qué obra se refiere. Quizá se trate del cuento con el que obtuvo, en noviembre de 1900, el segundo premio en el concurso literario organizado por

Además, me han entrado unas aureolas de grandeza como tal vez nunca haya sentido. Me creo notable, muy notable, con un porvenir, sobre todo, de gloria rara. No gloria popular, conocida, ofrecida y desgajada, sino sutil, extraña, de / lágrima de vidrio. f. [14]
¿Será? o no será? Esperemos —

—El mar es azul, tan colosalmente azul, que, a ser pintado tal como le veo, dijeran es disparate. Muy transparente.

—Las amiguitas y amigos con quienes juego, me llama[n] Bermúdez: yo dije que me llamaba así, como que era absolutamente huérfano de todo, salvo una tía.

—7 p.m. Pasamos a la altura del Cabo frío de Brasil. Faro muy potente: dicen abordo ([al]) se le distingue desde 60 millas. Creo pasamos a 25 [o] 28 millas. Intermitente: dura la luz 3" y se apaga por 16" 3/5 —

—Abril 4. 18 a.m. Acabo de levantarme. He pensado anoche sobre la imbecilidad de este viaje, extraño, perdido, raro, tal vez risible para los pasajeros.

/Cada día que pasa es una semana que dejo atrás. f. [14 v.]
¡Veinte días todavía! No sé lo que haré. Estoy seguro de que a haber sabido o entrevisto lo que es viajar de la manera que lo hago yo, difícilmente me hubiera arriesgado. Y luego, una porción de estúpidos ([rebosan]) rebosando tranquilidad y con olor a virtud de almaceneros.

---

el semanario montevideano *La Alborada*, y del que un fragmento aparece en este cuaderno. (Véase la anotación correspondiente al 22 de abril y la nota 89.)

En mi mesa comen diez sujetos a cual más desastroso. Todos genoveses: gordos o flacos (casi todos gordos), hambrientos, con figura de aceiteros o verduleros. No han de ser más allá de esto. Hay una mujer gorda, muy gorda, vestida de negro y casi trigueña que observa siempre de soslayo las porciones que se sirven los demás. Se apresura enormemente ([cuan]) cuando van a servirla y mira de reojo a todos lados antes de ponerse a comer. Luego una mamá rubia y de cuarenta / y cinco años, vizca, apostaría que verdulera, con una hija de dieciséis, bastante linda de cara, muy candorosa y tímida, casi asustada de cuando en cuando, completamente mal educada. Es notable el metal de voz de estas dos damas por lo apagado y fino, como el ruido que daría una vibración agudísima encerrada en algodón.

Yo me siento en la cabecera de la mesa, nadie se sabe servir con cuchara y tenedor.

Hay además cuatro mesas ocupadas por distintas personas: Un almacenero de Buenos Aires (Santa Fe y Larrea) con su mujer y dos hijas. El no parece malo; ella una gringota con cierta educación; la mayor de las muchachas, alta, delgada, con mucho aire a Celina Cuenca; [18] sobre todo cuando mira: esto me ha hecho tenerla cierta / simpatía. Parece buena, amable, voz ronca, amuchachada. Toca el piano. Cuenta la madre que lloraba cuando aprendía ciertos trozos de ópera.

[18] Joven perteneciente a la sociedad salteña, y distinguida por su belleza. En una nota social de la época se la describe en estos términos: "...una belleza clásica: toda la perfección de la línea, la palidez de la azucena y el aire majestuoso de una reina". (Véase "Bellezas Salteñas", en *Rojo y Blanco*, año I, N° 17. Montevideo, octubre 10, 1900(pág. 411.)

—¿Porque no le gustaban?
—No, *perque despertaba i sentimenti*.
([El]) *E molto sensibile mia figlia*.

La hija dice lo mismo. No me da, sin embargo, la idea de una exquisita. Da expresión a lo que ejecuta, interpreta bien; pero con todo, creo haya algo de farsa en lo que dice, como en lo que dicen que admiran todas las jóvenes en general.

La otra es una cara infantil y huraña con reflejos de ardorosa. Lindos ojos y soberbias caderas con piernas finas. Una casada con dos o tres hijos, joven y buena moza, con una hermana — Ada — de la que he hablado.

Un inglés joven y buen mozo; un genovés / ordinario que al finalizar la comida toma por pretexto salir afuera para robar de paso tres o cuatro bananas que esconde en el sombrero; al rato vuelve sin las bananas y come postre como cualquier otro; — un joven — compañero de juego — dicen que boticario, y lo parece; — varias damas jóvenes con hijas: una de éstas, chica de quince años que visten de corto, luciendo unas magníficas pantorrillas; se hace la pequeña y nos pellizca, empuja, toca… nada más; — un italiano gordo y barbudo, de enorme vientre que lanza en la mesa colosales eruptos: todos ríen y el mozo de mesa le advierte de lejos, moviendo la cabeza y sonriendo, que no está bien hecho; — un alemanito de acaso 26 años, boca hundida que pasea solo: dicen que es tísico; un chileno — compañero de juego — con marcado acento italiano: dicen y dice / que es ingeniero. Habla poco conmigo. La otra noche observaba yo las constelaciones: dije que no conocía más

f. [16]

f. [16 v.]

que la Cruz del Sur. Ayer explicaba el movimiento hidráulico del timón al alemán:

—Es como un... ¿como diré?... un tornillo que no concluye, y que hace mover por el agua dos cilindros que hay a los costados... — El alemán a su vez explicaba el timón suplementario colocado a popa y el seudo ingeniero no entendía; — un sujeto alto, que pinta. Salvo su buen estado de salud, es el mejor de todos — por lo menos el mejor educado; — un rubio — compañero de cuarto y de juego — simpático, — vulgar y entretenido.

Estos son los principales personajes que viajan. Todos equilibrados, vigorosos, estúpidos. El pintor, a pesar del amor / que debe tener a su arte, es completamente nulo a toda otra manifestación de aquel. Aun en pintura, ([que]) creo que maneja los pinceles — por vocación talvez — pero no por sentimiento artístico.

Yo me dejo la barba que tiene medio centímetro, el pelo largo y el cuerpo flaco.[19] Unos me toman por sonzo, otros por loco: sobre todo lo primero. Una chiquilina muy mona dice que yo soy el más feo de los [que] juegan [?]. ¡Dios mío! ([h]) a caso sea, no digo que no, porque los otros tres o cuatro tienen la cara más sana, regular y feliz que puede verse.

A pesar de todo, se observa en este caso la eterna superioridad del que habla poco mirando más allá del circuito obligado. Dos o tres preguntas me han sido hechas sobre cuestiones que ellos no podían resol-

[19] En el Archivo de Horacio Quiroga se conserva una silueta tomada en el café Cyrano, de París, el 11 de mayo de 1900, en la que se puede apreciar la barba ya crecida.

ver. Nadie les / dijo que yo les ([exp]) contestaría: lo presintieron, sin embargo.

—Hasta la fecha, hemos encontrado cuatro o cinco vapores, algunos lejos, algunos cerca. Hoy se han visto las costas del Brasil a gran distancia.

Abril 5 — 4 p.m. Acabo de dejar el lápiz, impotente por completo para escribir. Hay días así, y esto me ha pasado dos o tres veces en este viaje. Es una laxitud, una repugnancia enorme; parece que lo que escribo fuera vomitado, dejándome igual impresión. Fuera en esos momentos tan difícil seguir escribiendo como comer dulces enseguida de una indigestión

6 p.m. Hay en mi mesa dos grandes tipos: una mujer de 45 años, fea, con un aire de afectada descompostura para disfrazar su poca educación; / cuando va a servirse, adopta ([tan]) un aire de superioridad, frunce el ceño, se sonríe de costado, como por conmiseración, desdeñando mesa, comida, todo lo que ella ve.

La otra es una vieja como de cincuenta y cinco años, de cara colorada y ruin, muy conservada todavía — tiene el pelo blanco. Bastante gruesa, esta casi hundida en ([el]) la silla y en los hombros.

Está con las manos ([hundi]) sobre el vientre, bajo la mesa, y no mira a nadie. Si levanta la vista, no alcanza nunca hasta los ojos de los demás. Visión de hipócrita, de vieja rastrera y cobarde que se sirve sin levantar el cuerpo y come como nadie. Es un tipo de Eugenio Sue.

—Ayer a las 4 p.m. he visto desde proa una bandada de peces voladores. / Eran muy pequeñitos, de

10 cms. y volaban bastante ligero. Son oscuros y flacos; para más detalles, esperaré que caiga uno a bordo — uno grande — pues estos chicos no se elevan a más de 1 metro.

Abril 6 — 10 a.m. Anoche bailamos otra vez, en popa, muy bien iluminados. El buque se movía más que el domingo pasado; así es que era muy dificultoso bailar, sobre todo vals. En la coqueta [20] y polka militar se iban las piernas, había choques, empujones, cuasi caídas. No hay uno que baile *bien*. Los de abordo, capitán, oficiales, médico, maquinista — saltan casi todos, sobre todo el oficial. Luego bailamos unos lanceros que tocados abajos, se oían a través de la claraboya. Fue un crimen, una derrota, un deshonor para la disciplina de un escuadrón de lanceros. / El aristón nos daba música, después el tercer oficial, Ferrari y yo — ([algu]) aquel con mandolino y nosotros con guitarra — Si pudiera tener la guitarra todos los días me distraería — [21]

f. [19]

---

[20] Se trata, probablemente, de la coquetería, especie de vals de compás lento.
[21] Según afirman sus biógrafos, Quiroga "tenía buen oído y una voz escasa, pero rica en modulaciones y bien afinada, que solía utilizar como arma táctica en pequeñas batallas de amor, así como dedos no muy diestros en el manejo de la guitarra, mas suficientes para acompañarlo a cantar «sotto voce», al oído de una niña, trovas como aquélla de:
        Allá en la noche callada
        Para que se oiga mejor,
        Ámame mucho
        Que así amo yo".
(Véase Delgado y Brignole, obra citada, página 73.) Esta afición de Quiroga puede ser vinculada con la de Julio Herrera y Reissig, que tocaba de oído, improvisando estilos y valses, sin saber siquiera solfear. (Véase

A las once — cuando concluyó el baile, fui a popa, y vi fosforescencias, verdaderas fosforescencias en el agua. No se veían sino en el agua destrozada por la hélice, y en la línea que corre al lado del buque. Yo me había hecho la ilusión de una ola, una verdadera ola de fuego. No es más que una porción de luciérnagas, de brillo empañado por el agua, caídas, muertas (*sobre*) ([bajo]) las palas enloquecidas de la hélice. Es perfecta la ilusión. En fin, después — mañana cuando crucemos la línea — veremos —

—5 p.m. — Hoy a medio día estábamos / justo a la altura de Bahía. Hacemos 270 a 290 millas por día. f. [19 v.]

—Hay una chica a bordo muy mona y diabla y gordita: acaso doce años. Por ciertos arranques, exageraciones hiperestésicas la había calificado de neurópata corrida. Hoy me contó que tenía en su casa una gata blanca y suave a la cual no podía acariciar nunca, porque le daban incontenibles deseos de morderla, despedazarla.

—En la mesa: — 5 ([—]) 35. p.m. Almorzamos a las diez y media y cenamos a las 5 p.m.

Hoy hace una semana que salimos de Montevideo… ¡Una semana! No me da la sensación de ese tiempo, sino de dos o tres días, como mucho, pero interminables, que no pasaron por mi vida, sino se / deslizaron, treparon fuertemente adheridos a mi cuerpo. Tal es la idea que tengo de ese lapso de tiempo, los siete días de estos últimos años — sino los más crueles — los más repugnantes e inútiles. f. [20]

---

el testimonio del escribano Pedro José Saralegui, recogido por la Srta. Myriam Otero, en el expediente Nº 160 del Instituto.)

El buque se mueve que es un encanto; cuesta estar en la silla.

Viene a mi cabeza, a veces, por ráfagas, la ilusión de que podría estar en el Salto, en la esquina, viendo pasar gente que conozco, de noche templada y suave, viéndola, o acaso bailando —... En esos momentos reniego formalmente de haber emprendido este viaje, el más estúpido de los que [he] hecho, estúpido, sí, estúpido; me volveré idiota y genovés...

Abril 7 — 3.30 p.m. — ¡Viva el cielo! ¡Gloria a todos!. Esto dice que estoy contento.

f. [20 v.] /No sé que he comido ayer que este es el único día de cierto bienestar que he pasado. Anoche masculIé mientras dormía cosas literarias. Apenas me levanté hoy, comencé a escribir; después de comer, a escribir. En este momento dejo el ([lápiz]) papel y tomo la libreta. Estoy contento porque he sacado algo que me ha satisfecho enormemente. Es una fantasía.[22] ¿Me gustará lo mismo de aquí a cuatro meses? Es difícil. De cualquiera manera, hoy gozo, porque veo que no he muerto, que aún — trabajándome — puede que llegue a no mala altura.

Hay días felices. ¿Qué he hecho para que hoy por tres veces me haya sentido con ganas de escribir, y no solo eso, que no es nada; sino *que haya escrito?* Porque este es el flaco de los desequilibrados. 1º: No desear f. [21] nada; cosa / mortal. 2º: desear enormemente, y, una

[22] Se trata del poema en prosa que comienza. "Tenía la palidez elegante y mórbida...", y que fue publicado luego en *Los arrecifes de coral* (1901). En las fojas 38-39 de esta misma libreta Quiroga lo transcribe en su primer estado y lo fecha en abril 7, 1900. (Véase la nota 37.)

vez que se quiere comenzar, sentirse impotente, incapaz de nada: Esto es terrible.

Nos falta la acción. Colocamos un ([a]) magnífico mango a la azada y, al primer ([mango]) golpe, se quiebra el hierro. O sino, en cuanto tomamos la herramienta, las fuerzas nos abandonan por completo. Si es infierno el aborto, infierno es no producir. En aquel todavía puede gritar el germen desesperado; en éste el músculo se hunde en el vacío, como un brazo que agita desesperadamente una honda que no tiene piedra.

—4. 31 — Ayer acabé de leer *Fecundidad*. Creo que es la obra más perfecta de Zola. Ha perdido mucho de sus ([despre]) descripciones interminables (no todas bellas), / y ha ganado como expresión. ¡Qué expresiones! Aunque se esté acostumbrado al vigoroso empuje de su palabra, siempre se sorprende uno del arrebato de su verba. Se muestra en esta obra más fuerte, infinitamente más fuerte que en las demás. Hay imágenes, frases, que son insuperables. Luego la fe, lo caliente de lo que defiende, el calor entusiasta que comunica al más frío, por su gran obra de regeneración — Es un coloso.[23]

f. [21 v.]

—11 p.m. Hemos jugado: he aquí lo que había que decir ligero:

"Questa e la chiave di maestro mío, fabricata da

---

[23] *Fécondité* fue publicado en francés en 1889. De acuerdo con su costumbre, el joven olvida indicar si la leyó en su idioma original o en castellano. La admiración de Quiroga por esta obra se encuentra documentada, también, en la foja 42 de la segunda libreta, cuando anota en junio 9, después de una relectura: "¡Qué obra, santo Dios! Es lo más grande de estas últimas décadas".

Fabro Fabrici qui staba sedendo cotoni cogliendo, qui staba sedoni ([col]) cogliendo cotoni".[24]
La equivocación es fácil.

f. [22] /(Abril — 8 —) 2 p.m. — Pienso en este momento que Vds están en el cuarto, hoy Domingo, talvez tomando mate, talvez conversando, fumando y comiendo pan y queso; pero de cualquier manera, ahí, en el Salto, con la tranquila seguridad de que de tarde, cuando quieran, saldrán a pasear, sin pensar en nada más de lo que quieren, y que Vds, todos Vds pueden verla, que la verán, y no sentirán siquiera la más leve emoción, cuando yo, que estoy a 1000 leguas, tiemblo sólo de pensar que algún día la veré...

¡Qué largo y horriblemente desquiciador es esto! En tierra sería otra cosa, aun cuando estuviera todo el día solo. Nuevas cosas, nuevas perspectivas, nuevos horizontes, todo lo bastante para atraer la mirada y aletargar lo que vive dentro. Pero aquí, es un opio, con todo el terrible significado de la sustancia; estupidez, embrutecimiento, opio, opio horrible, opio, opio.... /

f. [22 v.] Yo reviento de desesperado, como una bomba que contiene demasiados gases y explota en la humedad ([avergonzado]) avergonzada y rebelada de ser tan poderosa e inútil. ¡Cuándo concluirá!. En esa decía yo que me extrañaba el afán con que los que retornan buscan las costas de su patria, de su ciudad. Y ahora lo comprendo. Lanzaría un rugido si viera de repente cualquier cosa de las que estoy acostumbrado a ver.

[24] Es muy evidente la alegría con que Quiroga recoge este trabalengua. En la segunda libreta registra el 29 de mayo, con parejo entusiasmo, otro retruécano. (Véase la nota 100.)

Esto por ahora; después no sé.

—Abril 8 — 11.30 p.m. — Acabamos de bailar. Parece que será cuestión de los jueves y Domingos. Estuvo muy buen [o]. Era casi imposible moverse por los bordajes del vapor. En unos lanceros que bailamos se fueron de frente todos.

9 — Esta noche, baile otra vez. Hemos pasado la línea a las tres p.m. Por supuesto / que ayer se levantó la dichosa suscrición en beneficio de los huérfanos: Me costó 5 francos. Es también costumbre *bautizar* a los que pasan por primera vez el Ecuador. Le echan sencillamente un balde de agua encima. Después de almorzar se bautizaron a unas cuantas damitas con champagne. Yo no estaba. Gastáronse alrededor de 40 botellas del tal vino, las destapaban en los senos. Esta noche gran cena: 16 platos: vinos, blanco, chianti, champagne, etc.; postres, helados, una infinidad de cosas. Después, todo el puente de popa adornado de banderas. La uruguaya a la derecha de la italiana: una enorme bandera. Me causó gracia ver un tan grande pabellón del cual ya no tenía memoria.

f. [23]

Abril 11 — 1 p.m. — Ayer hubo un fuerte chubasco a las 3 p.m. — El día amaneció nublado y presagiante. Derrepente, / sin previo aviso, avanzó la niebla por el Norte, y empezó a llover, una lluvia espesa y vertiginosa, como no he visto caer nunca. No había dos milímetros de gota a gota. Estas eran enormes y caían sin solución casi de continuidad. Pasó en media hora, aun cuando el tiempo no se compuso; sigue nebuloso aunque cálido, y dice el capitán que mañana será temporal.

f. [23 v.]

Fue verdaderamente brillante el baile del 9 — El puente de popa tendría 18 mts. por 8 o 9; está cortado en su sección longitudinal por la cubierta del caño que conduce el vapor de agua a popa, al timón. Fuera de esto, dos claraboyas que dan al salón, y la caja del timón.

f. [24]   Pues bien; se habían ([cubit]) cubierto las bordas con banderas de / todas las nacionalidades: en un extremo, frente a la caja del timón, se cortó el puente con un trofeo del que he hablado. Había un ramo de 6 lamparillas y 4 velas [?] de 50 bujías: ([Entonces]) La luz para ese relativo poco espacio resultaba deslumbradora. Subiendo por las escalerillas se encontraba uno de repente en un salón, un perfecto salón, porque las banderas tapaban y cuadraban toda visión exterior. Bancos a los costados, chaises-longues y porción de sillas y sillones. Se bailaba sólo del lado de estribor. Esa noche se movía horriblemente el mar. Era casi materialmente imposible bailar. Después de 5 minutos de vueltas y corridas, los brazos quedaban rendidos de sostener los cuerpos que se iban, se iban….

f. [24 v.]   — Cuando / no se iban las parejas irremisiblemente a las bordas, quedaban en suspensión, entre dos movimientos rápidos.

Hubo helados, cerveza, *tamarindo*, grosella, champagne….

En esos momentos lo paso muy bien, no acordándome absolutamente nada de nada. Bailo como un desesperado, valses, schottisch, polkas, todo lo que sea agitarme. ¿Lo hago por olvidar?... No, porque me gusta sencillamente.

—Anoche soñe; y soñé toda la noche, desde las

11 p.m. a que me acosté, hasta las ([⁸]) 8 a.m. hora a que generalmente me levanto. Soñé tanto y tan íntimo que esta mañana estaba con deseos de tirarme al agua, no para morir, sino para volver nadando / al Salto.   f. [25]

Primero de todo, el buque se movió muchísimo a la ([una]) 1 de la madrugada. Yo, dormido, aunque sugestionado por el balanceo, soñé:

Había ido una tarde, ya muy cerca de la noche, con Brígnole, Jaureche, Toucón padre, Hasda y no recuerdo quien más, a la orilla del Uruguay, al lado izquierdo del paredón.[25] Había un resplandor inusitado por el Oeste, donde se entraba el Sol, que no era luz, ni iluminación, sino una tinta lívida y fría, amarilla y [.........] que parecía mirarnos fijamente desde el Sur Oeste, ([cerca]) a la altura de Concordia. Todos nos miramos con ([espl]) espanto, y se nos eriza-

[25] El sueño se sitúa, sin duda, en los alrededores de la ciudad del Salto, por el lado del Cerro, en una casa en ruinas que acostumbraban visitar Quiroga y sus amigos, y en una de cuyas paredes "el eco se sostenía largo tiempo, adquiriendo tonos musicales, verdaderamente extraordinarios", lo que aprovechaban los jóvenes para declamar, a voz en cuello, sus ejercicios poéticos. En una página del cuaderno de composiciones juveniles evoca Alberto J. Brignole el encanto "de nuestros gritos resonando en la soledad de la tarde que caía, el de nuestras declamaciones frente a aquella pared de la avenida, escuchando el eco dulce y apagado de la poesía a Cervantes o las tristísimas quejas del indio Tabaré". (Véase la página entera en el Apéndice documental, Sección A) "Composiciones juveniles", Nº 1: Recuerdos. En el mismo sentido, también, Delgado y Brignole, obra citada, págs. 68-69.) Quiroga se sueña acompañado de sus amigos del Salto. A los identificados en la nota 5, deben agregarse ahora José Hasda —que en el grupo mosqueteril era llamado Porthos, "por contraste con su físico esmirriado"— y D. Juan Toucón, padre de Rosa Toucón, mujer de Prudencio Quiroga, hermano mayor de Horacio. (Para Hasda, véase Delgado y Brignole, obra citada, pág. 67; para los otros, además de la nota 5 al *Diario*, véase la Introducción, III, A.)

ron los cabellos, al vernos ([con]) esas caras azufradas con la expresión retorcida y dilatada, mirando ansiosamente y sin movernos el horizonte, don- / de iba a hundirse la tierra. Y veíamos como se iba hundiendo en el Oeste en ([algo]) aquella solfatara de claridades lívidas, poco a poco, y se iba, se iba, con nosotros que estábamos terriblemente observando el deslizamiento, mientras sentíamos la sensación de angustia y silenciosa desaparición del estómago que acompaña a las ondulaciones de mar y tierra. Era un cuadro siniestro y apocalíptico, todo oscuro, nosotros en la orilla, y sólo allá a lo lejos, aquella claridad de delirio, en que se iba hundiendo la tierra.....

—El otro sueño es más accidentado, varias veces cortado:

Estaba en el Salto y nos aprontábamos para un baile de la noche. Yo estaba preocupado por el frac que estaba desarreglado y quería poner en forma a toda

/11 a 12 millas hora. [destruido]

L I [.........] [destruido]

[.........] [destruido]

voltaje [destruido]

/[destruido] [En blanco]

/costa. Ya de tarde lo mandé a lo de López para que lo arreglaran, pero éste contestó que no tenía tiempo por estar muy atareado con diversos fracs que debía aprontar para la noche.

Había una gran fiesta, creo que un casamiento.

Preocupado por la cosa, volví a casa de noche y lo envié apurado a un cortador que he visto en casa de López: contestó que para las once y media lo tendría pronto. El baile era a las 10. Así es que estaba de mal humor. Además, de tardecita había comenzado a llover, una garúa fina de invierno, y esto me predisponía mal. Recién llegado al Salto de mi largo viaje a Europa, no quería perder nada de un acontecimiento así

....
/Llegué a las once y media al baile que se efectuaba en la quinta. La avenida del medio estaba profusamente iluminada, como los corredores, alfombrados y elegantes. f. [27 v.]

....
Apenas vestido con sobretodo y galera en mano, me encontré derrepente y en la entrada de la sala con el novio, no recuerdo quien era. Le saludé y felicité, con curiosidad de conocer a la novia.

....
Me encuentro con ella, vestida de novia; era ella la que se casaba. Sentí una impresión de profundo desaliento, como si esa precisión ([estuviera]) hubiera estado siempre en mí. La miré, nos miramos por largo rato, y ella bien comprendió que le reprochaba en silencio / sus protestas de amor, sus inquebrantables juramentos: "Imposible, imposible! Ya verás. ¡Mucho, mucho, mucho"!... No recibía tanta pena como asombro, fatalidad esperada. f. [28]

Me incliné delante de ella, y como en ese momento venía gente y la madre, aproveché el momento para felicitarla calurosamente, "por el amor sincero e incontrastable, por la ([felicidad]) buenaventuranza que la deseaba, por ser fiel a quien se quiere hasta casarse con él, con el único a quien se ha querido, a ese hermoso y simpático joven que la desposaba esa noche, siempre adorado, único adorado, que llevaría a su hogar la inestimable prenda, en nuestros días, de una mujer de [que] no ha mentido nunca amor y que no ha / querido más que al que la lleva al ([1]) altar"...

f. [28 v.]

Algo como esto le dije, con mucho cortesía y desenfado, tranquilamente, sin emoción ninguna de mi parte, como quien no dice nada de particular. La madre sonr[e]ía y no sospechaba ni por un momento que cada palabra mía era un látigo que cruzaba a cada golpe de frase la cara de su hija.

Como la madre se retirara, ella no se animó a alejarse. Seguí hablando del amor, de lo eterno, de lo único que no puede engañar, de lo que es incapaz de ser finjido por la mujer, etc.

. . . .

Hablé más tarde con la madre; y al oír mis quejas y lamentos / por la novia que perdía, me dijo que en Montevideo se estaban educando otras cinco hijas de ella, y que esperando.... Sentí un cierto consuelo, al fin y al cabo, me dije, son sus hermanas; bien puede que haya alguna que se la parezca y que talvez sea más bonita... Esto me consoló

f. [29]

. . . .

En el boudoir me estaban vistiendo de mujer para que no me conociera cierta persona de Montevideo. A una indicación de las mujeres me puse crema limón por toda la cara: pero no tenía hábito de ello, la distribuía mal, a pelotones, de manera que mi cara iba tomando poco a poco la triste sonrisa de un clown enfermizo. No me reconocía casi en aquella expre-

sión de profundo / desaliento, como en esas caras lí- f. [29 v.]
vidas y quietas que se han reído mucho.

Entró la persona. "Por los ojos lo conoceré", dijo.
Y me miró con detención, muy de cerca, mientras yo
la dejaba hacer, sin fuerzas para nada. "Es Horacio",
exclamó, y se fue, y con ella todos, y quedé en la triste realidad de mi ridícula figura, de mi cara pintada,
olvidado de todos…….

Escribo estos dos sueños por la impresión que me
causaron, y por la nitidez que tuvieron.[26]

12 Abril — 5 p.m. — Estoy pasando un día horrible. Hoy me levanté mal. Talvez la lectura de Safo que
concluí esta mañana me ha predispuesto.[27] El que se
figure pasar en la cárcel / catorce días, sin ninguna co- f. [30]
municación con el exterior, con compañeros estúpidos
y de ocasión, ignorante por completo de lo que pasa
en el mundo, algo comprenderá de esto.

Por otro lado, me parece tan imposible que algún
día vuelva a ver a mis amigos y conocidos, a ella, que
cuando acude de pronto esa idea a mi cabeza, doy
casi un salto de felicidad. A tal punto se llega de aburrimiento e imbecilidad, que sólo a la visión de que

[26] El segundo sueño es particularmente revelador. No sólo porque re-
fleja la constancia de sus preocupaciones sentimentales y el temor de una
traición por parte de su novia, sino porque arroja alguna luz sobre su carácter —la deliberada crueldad con que se dilata castigando verbalmente
a la presunta infiel, la rapidez con que lo deleita la posibilidad de entablar
relaciones con otra hermana—, y sobre cierta espontánea complejidad
que le permitía soñarse en equívocos disfraces, con "la triste sonrisa de un
clown enfermizo".

[27] Se trata, seguramente, de la novela de Alphonse Daudet, publicada en francés en 1884. Adviértase la exasperada sensibilidad de Quiroga
en su reacción frente a la obra.

algún día podré verlos y verla, gozo momentáneamente —

Abril 13 — En la mesa. 6.10 p.m. Viernes Santo. Será el primero que pase en condiciones tan bestias. Estamos a 3 ½ horas de diferencia con el Salto. Ahí serán ahora las 3 — 20. Excelente hora para ver lo que sea menester. A medio día es- / tábamos frente a Dakar y Cabo Verde. En este momento dejamos atrás a Tenerife, San Vicente, etc.

¿Qué haré mañana, Sábado de gloria, en este maldito vapor, cuando Vds están tan tranquilos, ([reco]) parados en la calle Uruguay y Sarandí viendo salir la gente de la Iglesia?....

Abril 14. 12 p.m. En este momento, en que estoy leyendo distraídamente sobre el puente de popa, comienzan a sonar las campanas de abordo, trayéndome la ilusión momentánea de que estoy en tierra, oyendo a las iglesias que aclaman...

—Abril 14 — 9.35 p.m. Están tocando en el piano unos aires españoles que ejecutaba Teresa Gozalbo —[28]

/11.20 p.m. Las señoras — aquellas de quienes he hablado:. una joven, gruesa, lindísima, con la cual tengo bastante confianza, simpática, intencionada, tremenda e infantil; — otra alta, más seria, y otra ru-

---

[28] María Teresa Gozalbo, joven de la sociedad salteña. Quiroga y sus amigos concurrían a las reuniones de la casa de ella. Su hermana, Fe Gozalbo, era profesora de dibujo y pintura. (Puede verse una fotografía de su taller en *Rojo y Blanco*, año II, N° 3, Montevideo, enero 13, 1901, pág. 68.)

bia, fea y fuma en la mesa. La primera parece riquísima — esas tres señoras están tirando las cartas con nosotros, conmigo. Es magnífica la cosa. Se hace así:

Se separan 25 cartas, se barajan, y se arrojan a la mesa con violencia, pronunciando cierta palabra a labio cerrado. Se recogen murmurando una oración diabólica y se colocan en la mesa en cinco filas de 5 cartas. Al cortar, se da vuelta la baraja del medio y ésta anuncia la intención de lo que saldrá. Una vez colocada en la mesa, ([se]) / la persona que vaticina señala con ciertas combinaciones: hay traiciones, fraudes, damas rubias y trigueñas, donceles, oro, paseos, viajes, todo lo necesario. f. [31 v.]

A mí resultóme lo siguiente: Un caballero ([rubio]) de pelo negro habla de mí con una dama de pelo negro, de cierta edad, y ambos me intrigan. Aquél festeja a una señorita que a su vez tiene celos de mí. Yo estoy en relaciones con una demimondaine. Una joven rubia piensa en mí y tiene por mi culpa disgustos en su casa. El consabido damo de pelo negro me intriga en casa de ella. Tengo apuros por dinero. No recuerdo que más.

—Me enseñaron una manera de hacer que cualquiera persona / venga a mí. He aquí el modo. f. [32]

Se entra a un almacén y se compra un paquete de velas de 2 o 3 reales. Al pagar, se entregan 5 o 10 cts. más de lo estipulado, se arrojan dos monedas sobre la mesa diciendo in petto: "esto no lo hago por tí sino por el diablo". Se escribe en una vela el nombre de la persona en cuestión y se prende. Es imposible que al concluir el paquete no venga la persona, aunque que tenga que atravesar el mar. Las damitas dicen y cuentan haberlo hecho, y creen a pies juntillas en todo ello. Me he divertido muchísimo.

Abril 15. 3 ½ p.m. Han organizado un baile en proa, entre los marineros y algunos de 3ª — Bailan bien, / regular, mal, con elegancia, con pechadas, de todas maneras. Toca un acordeón. Algunos, descalzos, no temen los feroces pisotones de botines de tres dedos de suela. No se caen, aunque la inclinación del piso es grande.

—Esta noche bailaremos nosotros. Mañana a las 2 p.m. llegaremos a Palma en las Canarias. Pienso escribir desde ahí. Creo que no nos dejan bajar.

Abril 16 — Hemos llegado a La Palma a las 4 p.m. — Anoche hubo una cena magnífica con vino y licores a discreción. Sobremesa hasta las 9 p.m. Se brindaba, se gritaba, se levantaban todos mirando al comandante, se reían, vivaban, se sentaban, se volvían a levantar, y una chacota continua, la mayor parte chispos. Dos tipos se habían colocado a los costados de la dama amiga, y estrechándose a / ella, le juraban con los ojos entornados que ese era el momento más feliz de sus vidas. Ella me hacía señas y gozaba conmigo. Otro procuraba echarle champagne en el pescuezo a una chica. Los demás por el estilo.

A las 9 ½ fuimos a bailar al puente. La noche fría por demás me regaló a la fuerza una buena asma. Hubo hasta nueve parejas. La dama amiga me decía cuando bailaba conmigo: apréteme fuerte y bailemos ligero, así podré seguir. Se supondrán que no lo hacía mal. Quedaban con la música rendidos.

—Hoy a las 12 a.m. avistamos una nube azulada por el lado del Norte. Parecía una gran montaña, pero era enorme. Y resultó ser montaña. Pasamos durante 4 horas costeando las colosales sierras de estas islas. Es algo asombroso la altura de estas cosas.

/La Palma es una bonita ciudad de casas blancas edificadas en vertiente hacia el mar, muy inclinada. Queda a media legua escasa del puerto. Hay palmas admirables, todo el aspecto de una ciudad tropical. Entre ésta y el puerto se extiende un arenal magnífico tras una pequeña meseta que une el pueblo y el puerto. Todo está bien sobre el agua, ofreciendo este trazado: [29]

f. [33 v.]

[29] El dibujo a lápiz, ocupa la mitad inferior de la foja 33 v. (Éste que se incluye es copia del original de H. Q.)

f. [34]   /La arena es ondulada y pérfida, y veo en este momento un hombre con una bolsa (parece) que ([cruz]) cruza el mar amarillo, muy negro ([sobre]) y pequeño sobre la policromía de su ondulada superficie.

Hay buques de todas las nacionalidades, sobre todo ingleses; de todo menos españoles. Domina el puerto un picacho de acaso 200 mts. de altura, a pico casi, negruzco; desde aquí se distingue como una fina culebra anémica el trayecto de una senda zigzagueando *(sobre)* el dorso [h]inchado de la montaña.

El conjunto tiene un aspecto encantado de ciudad ecuatorial, talvez índica, talvez risueña.

No nos dejan bajar, ni siquiera cargar carbón de noche.[30] Así es que mañana a medio día saldremos de aquí.

f. [34 v.]   /Abril 17 — 8 a.m. Como me propiné una buena cantidad de cocaína y opio pude pasar una buena noche.[31] Y vuelta a bailar anoche. Yo lo hacía con sobretodo hasta la boca y gorro hasta los ojos; terminó a las 11 p.m.

Esta mañana se ve el Tenerife, al Oeste, a distancia de 15 o 20 leguas. Se distingue entre brumas, su cono enorme, casqueado de ([roca]) nieve. La mitad

---

[30] Aunque Quiroga no proporciona ninguna indicación, quizá deba conjeturarse que esta prohibición obedecería a un período de cuarentena establecido en la isla por las autoridades.

[31] Para combatir el asma Quiroga abusaba de ciertos tóxicos, según se indicó ya en la nota 2. En su primer volumen de cuentos, *El crimen del otro* (1904), se inserta uno, "El haschich", en el que recoge sus experiencias de dicha droga. (Véase, también, Delgado y Brignole, obra citada, págs. 114-115.)

inferior está oculta por montes y serranías lejanas. Veré de tomar a medio día una instantánea.[32]

9.45 a.m. — Estaba distraído, y fui llamado a la borda por la atención de varios pasajeros sobre un buque que salía pasando al lado nuestro. Era de guerra, inglés. Todos querían saber el nombre. ¡Vasiliek!, dijo uno; ¡Qué recuerdos!. Instantáneamente me acordé del teatro, de una función de gala a la oficialidad, de un banquete / ofrecido a los marinos en la casa del cónsul inglés... —[33] No se suponía ninguno de los oficiales que alguien los estaba devorando con los ojos, porque tenían la inmortal gloria de haber hablado con ella.... Me su— ([belaba]) blevaba pensar que ellos no se acordarían de nada, como un detalle simple de sus vidas...— f. [35]

2 p.m. — En este momento estoy con un cigarro toscano de veinte centímetros y hablando italiano. No me faltan 1 mes más de viaje para salir del buque italianizado por completo.

5 ½ p.m. — Estabamos comiendo, y en una brusca bordada a estribor, se cayeron botellas, platos y vasos. Yo me siento en una punta; pues bien: se me vino encima una botella, se me cayó en los pantalones un plato, y me fui de espalda con silla y todo. Por suerte estaba la pared a cuarenta centímetros. Salimos de la Palma a / las 3 p.m. — f. [35 v.]

---

[32] No se han podido localizar las instantáneas que, como este pasaje lo indica, tomó Quiroga durante el viaje.

[33] La nave que provoca esta efusión sentimental era una cañonera, con estación en Montevideo y que integraba la flota inglesa.

—Abril 20 — Estos días pasados he estado con asma, asma traidora, asma cruel. No he tenido ni un momento ganas de escribir. Esta madrugada a las 3 a.m. pasamos el estrecho de Gibraltar. Coincidió la cosa con un fuerte viento que nos sacudió seriamente. Yo me desperté — como todo el mundo, pues me creía en el aire. Y fue lo mejor que de una tremenda bordada a estribor la ventanilla — ojo de buey — se abrió y entraron al camarote unos cuantos litros de agua. Mojados botines, balijas, gorra, máquina fotográfica, etc.

En estos momentos — 1 ½ p.m. — vamos marchando frente a la costa de España, a 10 o 15 leguas. Es ([acci]) accidentadísima, con montañas blancas de nieve. Parece que en el golfo de León nos pro- / meten bailar en grande. Supónese que el Lunes 23 llegaremos a Génova. ¡Dios sea loado!.

Leí días pasados Manón Lescaut; es una obra de otras épocas, llena de aventuras intrigantes, lenguaje reventador y cosa insignificante *para nosotros*.

El tipo de ella no está mal pintado — [34]

Abril 21 — 8 ½ p.m. — Están tocando en el piano un vals que fue la única pieza que oí tocar a Sara una noche de baile de Carnaval, en su casa...— [35]

Abril 22. Por fin concluye este viaje. Es ya sabido que mañana llegamos a Génova, de las 5 p.m. o menos. Ya esto amenazaba ser fatal. Yo creo que toda la vida he estado embarcado, que no tuve nunca ami-

---

[34] La célebre novela del abate Prévost fue publicada originalmente en 1781, bajo el título, más explícito, de *Histoire du chevalier Des Grieux et de Manon Lescaut*.

[35] Véase la nota 1.

gos, ni parientes, ni novia. Nadie, absolutamente nadie — por más / fuerza de imaginación que se haga es capaz de figurarse lo que es un viaje de estos. También caí yo en la soncera de suponerme grandes soles, grandes charlas, grandes temporales; atractivos aquí y allí, en cualquier detalle, en cualquier balanceo, en cualquier escuchante. Nada, absolutamente nada. Todo es un rodar continuo, sujetando en una mano una pipa de opio, y en el horizonte la misma estúpida limpieza del agua.

Una de las cosas que me prometía de bueno eran los temporales, las fosforescencias, el calor de la línea, los peces voladores, los delfines, etc. Pues bien: ni un temporal, insignificantes fosforescencias, ningún calor en la línea, dos o tres peces flacos y locos, cuatro o cinco delfines. Estos pájaros me llamaron la atención. Aparecieron a cuarenta metros de estri / bor. Sentí una especie de suave mujido del agua, al tiempo que miraba y veía varios formidables dorsos negros revolviendo lentamente el agua. Juegan con mucha tranquilidad, como seres poderosos, y sacan el cuerpo a medias de las ondas. Sentí muchos que nos siguieron. Estos, sí, tienen más de dos cuartas.

Y he aquí todo: un pez grande, (*sin alas*) un pez (*chico*) con alas y un animalito fosforescente. Se acabó. A esto se reduce lo que ha llamado mi atención ([por]) en 24 días de viaje.

Por otro lado, pasó lo que ya me suponía: Por efecto del brusco cambio de temperatura (pues ahora hace frío, verdadero frío), mi asma de Otoño ha venido a visitarme. No me ha dejado aún, ni creo me abandonará hasta que esté en París — el 26 (supongo), una vez que esté instalado, que pueda abrigarme bien de noche, transpirar, quemar polvos, andar en bicicleta… [36]

f. [37 v.] /12 a.m. — Después de almorzar he subido al puente, sin sobretodo, que había usado todos estos días. Hace un tiempo magnífico, ni frío ni calor, sin viento ninguno, muy extraño en el Golfo de León que estamos atravesando. Anoche miré un instante el cielo; no conozco nada de sus constelaciones. Me parece que vamos a tener todavía algunos fríos y nevadas en París.

He aquí los resultados finales de lo que he observado a los pasajeros;

Las muchachas aquellas son unas imbéciles, todas ellas, guarangas con ciertos humos de ser gran cosa en B.[uenos] A.[ires] La dama gruesa y amiga, junto con las otras dos compañeras, es una simple cocotte de alto vuelo.

El alemán, un gran sano y reventador.

Mi compañero de cuarto ([,]) no vale ([nada]) nada. El chileno, muy poca cosa. El farmacéutico, un
f. [38] payaso que parece inteligente. / El inglés es un gran tipo (como inglés), con el cual he hablado sobre letras. Le deshizo el "Extraño": "Mí no gusta análisis. Mi quiere sensatez, sencillez". Dice que V.[ictor] Hugo es una gran espuma de jabón. Su filosofía es ésta: "Mí come bien, mí bebe bien, mí duerme bien; (["]) lo demás no sirve".

Los demás tipos son completamente insignificantes.

[36] Aquí el ciclismo aparece casi como un recurso terapéutico para el asma.

En cuanto al vapor, resultó ser de 2ª; no hay en éste pasajeros de 3ª —

—Tenía la palidez elegante y mórbida de las señoras desmayadas. Parecía una rosa enferma que una mano insensata hubiera abandonado sobre las teclas del piano. Era blanca y lejanamente rubia. Adorable en sí misma, pasó envuelta en la ola de miradas inquietas de los caballeros / de frac. Tenía la palidez de las caricias tardías que, (*sin pensarlo,*) enmudecen lentamente....

"Hubo una vez la hija de una reina que se moría de pena"...

Vestía un traje lila, a grandes vuelos, que la abrazaba en una suave caricia de seda, como una silenciosa caricia de mano... Era santa. Recordaba esas tiernas delicadas que enferman por una vaguedad, por una nada...

Tenía la palidez suspensa de lo que anhela y va a pasar...... Sentada al piano, su mirada visionaria fue tras los cortinados de Ambères, más allá de las ([jarrones]) (*máscaras*) japonistas que se reían sentenciosamente y de soslayo.... Fue más allá de todo esto, más allá todavía de la sombra (*maliciosa*) que daban un bouquet y un par de guantes: — ([más allá])... Sollozó.

Tenía la palidez de lo que no ha sido, y / vive, como le es dado vivir, en el nimbo de las cabecitas convalecientes y pensativas...

Había en el aire un acorde suspenso — en los cristales; una persistente fijeza de ojos — en las camelias; un prolongado ay! de dulzura — en los violines. Un ruego.

¡Sea buena! murmuraban.
Ella inclinó la cabeza: ¡Mi amor!...
Tenía la palidez visionaria de lo que hubo de ser, y espera, en unos ojos transparentes, la hora de ser soñado....

(Abril 7. 900) [37]

[37] El texto impreso en *Los arrecifes de coral* (1ª ed., págs. 19-20) presenta algunas variantes de interés con respecto a este primer estado, como puede comprobarse por un simple cotejo. (Las variantes están indicadas por la **negrita**.)
"Tenía la palidez elegante y mórbida de las señoras desmayadas. Parecía una rosa enferma que una mano insensata hubiera abandonado sobre las teclas del piano. Era blanca y lejanamente rubia. Adorable en sí misma, pasó envuelta en la ola de miradas inquietas de los caballeros de frac. Tenía la palidez de las caricias, que, **ya muy tarde, son apenas posibles...**
Había una vez la hija de un rey y una reina, que se moría de pena... Vestía un traje lila, a grandes vuelos, que la abrazaba en una **intensa** caricia de seda, como una silenciosa caricia de mano. Era santa. Recordaba esas **exquisitas** que enferman por un[a] vaguedad, por una nada. Tenía la palidez suspensa de lo que se anhela y va a pasar...
Sentada al piano, su mirada [visionaria] fue tras los cortinados de Amberes, más allá de los jarrones japonistas Que se reían **silenciosamente** y de soslayo. Fue más allá de todo esto, más allá todavía de la sombra que daban un bouquet y un par de guantes... Sollozo.
Tenía la palidez de lo que no ha sido, y vive, como le es dado vivir, en el nimbo de las cabecitas convalecientes y pensativas...
Había en el aire **una fría canción** en los cristales; una persistente fijeza de ojos — en las camelias; un prolongado ay! de dulzura — en los violines. Un ruego.
—¡Sea buena! murmuraban.
Ella inclinó la cabeza: —Mi amor!...
Tenía la palidez [visionaria] de lo que hubo de ser, y espera en unos ojos transparentes la hora de ser soñado...".
Una observación a propósito de la fecha que aquí se indica: abril 7, 1900. En el cuaderno preparatorio de *Los arrecifes de coral* (véase la Introducción, III, A), está fechado en abril 13, 1900. La primera fecha parece más segura por lo que se anota en esta misma libreta el día mencionado: **"Anoche masculle mientras dormía cosas literarias. Apénas me levanté hoy, comencé a escribir; despúes de comer, a escribir. En este momento dejo el ([lápiz]) papel y tomo la libreta. Estoy contento porque he sacado algo que me ha satisfecho enormemente. Es una fantasía".**

Abril 22 — 5 p.m. — Teníamos, hacía rato, un gran buque ([al) de vela por delante. Cuando estuvimos a media milla, desprendió un bote: ¿qué querían?. Abordo se hacían todas las suposiciones. Cuando paramos y se acercó el bote, dijeron: *"fame"*; nada más. Parece ser que hacía diez días que comían / una galleta de mañana y otra de tarde. Se les dio 5 bolsas [de] galleta, un cordero, vino y tres o cuatro bolsas [de] papas — f. [39 v.]

Me han resentido unas estúpidas mujeres con sus plegarias, conmiseraciones y cotorrerías. ¡Póvera gente! ¡Cómo e horribile! ¡io piangeva!. Me dio ganas de estrujarles el pescuezo, como a tres o cuatro imbéciles que se lamentaban.

7 p.m — Estamos concluyendo de cenar, la última comida de este viaje. El Comandante brinda con una copa de champagne. Pocas veces he oído hablar con tanta tranquilidad, con tan fría sonrisa de seguridad y modestia. Rubio, como es, buen mozo y en el centro de la mesa, ha hecho una buena figura.

10 p.m — Están bailando en el puente de popa, sobre mi cabeza. No he querido recaer de mi resfrío que va en / vías de curación. Creo que esta noche pasaré mejor del asma. Hace un rato cruzamos frente a Tolón, la isla no recuerdo como. [38] Tiene ésta un faro bastante poderoso y de muy corta intermitencia (4 o 5") f. [40]

---

[38] Se trata, seguramente, del archipiélago de Hyères, formado por tres islas y varios islotes. Tres de las islas tienen faros de luz intermitente. Quizá el que indica Quiroga sea el de Paquerolles (Latitud: 43°; longitud: 5° 30" Este).

Por fin, mañana cerraré esta libreta de viaje. Ya era tiempo de concluir con estos 24 días, tan ([inu]) hostiles para mí. Y cuando pienso que luego tendré que volver!...

- ⁊ ⌐⁊⟩⌐⌐ ⁊⌐ ⌐⌐ ⌐ ⟩⌐Ɛ⌐⟩◻Ɫ ⌐⌐ ⁊⌐⟨Ɫ Ɛ⌐ -.... [39]

f. [40 v.] Y levantando la copa en el último brindis, habló estremecido, lleno de luz en los ojos y de fe en la nueva vida que ellos darían a las letras. Sí, eran ellos los señalados por el índice de la suprema forma los que abrirían el surco en que quedarían enterradas todas las restricciones, todo lo que se esconde y falta, para fertilizar / el germen nítido y vigoroso de la escuela futura. Ellos tenían la percepción de lo abstracto, de lo inmaterial, de lo levemente punzante, *(de lo fuertemente nostálgico)* de lo ([lo]) imposible, que cristaliza en roca. Sensaciones finísimas, desviadas y precisas, que fecundarían el lenguaje, porque ([ellos tenían]) *(en ellos estaba)* la fuerza de las auroras y de las noches, la fe, que preña lo que no nos es dado ver, para que las generaciones futuras tuvieran un arte tan sutil, tan fino, tan aristocrático, tan ([fino, que])

[39] El texto cifrado –cuya clave hemos encontrado con la colaboración de miembros del Instituto– dice: "Notas para cualquiera novela". Dos veces utiliza Quiroga este lenguaje de su invención: una vez para ocultar a cualquier mirada extraña su ambición, incomunicable, de escribir una novela; otra vez, para consignar una enfermedad. No interesa insistir sobre este último caso. En cambio, resulta reveladora la primera frase que demuestra que Quiroga quiso expresar en una novela su credo estético. Entonces escribió la página que transcribe luego, y que, más tarde –al desistir de su proyecto– injertó, mecánicamente, en el "Cuento sin razón, pero cansado". (Véase la nota siguiente.)

extraño, que la idea viniera a ser (*como*) una enfermedad de la palabra.

Era su triunfo, el de todos los que habían visto algo más que un vaho de niebla en la incorrección de un adjetivo, algo más que una tensión vibratoria, en el salto audaz de ciertas comparaciones. Otra vida para las letras porque / los hombres eran otros. El clacisismo había representado; el romanticismo había expresado; Ellos definían; nada más. Precisar los estados intermediarios en que un simple latido, bajo cierto equilibrio de palabras, puede dar la sensación de una angustia suprema; en que la[s] más ingenuas desviaciones de la frase, aún los rubores más desapercibidos, responden, al ser auscultados, a un acceso de sorda fiebre, de delirio restringido al tórax; en que el estilo piensa y medita, percutiendo, a golpes de adjetivo, la media luz de nuestras visiones, precisar todo eso, repetía, es nuestro triunfo.

(Abril 23 — 900) [40]

— Abril 23 — Toda la mañana hemos pasado frente a la costa de Francia e Italia. Es escarpadísima, algunos picos con nieve, las laderas cubiertas de olivares, y llenos de pueblos, aldeas, / chalets. Sorprende

[40] Este texto, con algunas variantes, supresiones y adiciones, se incorporó al "Cuento sin razón, pero cansado" con el que Quiroga obtuvo el segundo premio en el concurso literario organizado por el semanario montevideano *La Alborada*. (Véase la Introducción, III, D, n. 58, y la nota 17 al *Diario*.) Posteriormente Quiroga lo incluyó en *Los Arrecifes de coral*. El fragmento que recoge esta libreta puede verse en las páginas 152-34 de la 1ª edición. Las variantes son de escasa entidad. Debe señalarse, sin embargo, que en la última frase fue suprimido el miembro final, a partir de: "en que el estilo piensa y medita…".

la construcción de las casas, todas de media agua, dando la justa idea de un paisaje suizo. Es admirable. A las 12 a.m. llegamos a Génova. Muy accidentado el terreno. Las casas, muy altas, (de 8 a 9 pisos), todas de media agua. Parecen esas casitas de madera con que juegan los chiquilines. El puerto es bueno, pero muerto. Menos movimiento que el de Montevideo. La ciudad, rodeada de montañas, está a su vez edificada en las laderas de estas.

Génova, 5.45 p.m. comiendo en un restaurant de la Vía Balvi: Parece mentira, ¿no es verdad? Y sin embargo es así. Lo primero que me sorprendió, es que en la Aduana, a pesar de su tradicional severidad, *no me abrieron* el baúl, contentándose con mirar por encima la balija, / y ponerle sello de franquía, como a la máquina fotográfica que ni se les ocurrió abrir. Pasa conmigo esta singularidad, que ya sea por tener cara de honrado, ya por ponerla en esos casos, siempre inspiro confianza en las aduanas. Fui con mis bagajes y un *fa*[c]*chino* [41] a la estación; donde los hice dejar, pues me informaron que el tren expreso para París salía a las 6.58 p.m. y sólo costaba 78 francos. Fui con mi fachino — que habla italiano, genovés, francés e inglés y es un sabio — a alquilar bicicletas. [42] Hicimos tren en el *Parco Bisagno*, subimos el corso de circunvalación del mar, fuimos al *Parco dell'Acqua Sola* — gran cosa para máquina — y fuimos a dejar las bicicletas a 2 francos la hora. Enseguida a comer.

[41] O sea: changador.
[42] Apenas desembarcado en Génova y después de obtener el pasaje para París, Quiroga recorre –en bicicleta– la ciudad. Se puede conjeturar lo que habrían significado para el joven los 24 días de abstinencia ciclística pasados en el barco.

Génova es un[a] muy linda ciudad comer- / cial, f. [42 v.] con algunos desahogos de gran elegancia. Está construida bien sobre el mar, ([al]) a lo largo. Las calles son angostas, empedradas a gran adoquín; muy angostas. Como cosas curiosas tiene: sube al tren una persona de sombrero de copa, largo levitón a la prusiana, guantes blancos de hilo y un bastón de borla debajo el brazo. ¿Es un senador o un prefecto de policía?. No señor: es un guarda municipal; Algunos carruajes llevan plumeros de negro en la testa de los caballos; una infinidad de militares por la calle; una fortificación a derroche, en las cinco montañas que miran al mar, en los paseos, en los parques, en todos lados. Por otro lado, hoy hace calor y me va bien.

Hay, sobre el mar, sobre una terraza a pico, un magnífico palacio casi japonés, / casi suizo, que es f. [43] una monada. Le rodea un jardín ecuatorial y prolijo, mientras caen sobre el muro que da al mar, en grata profusión, glicinas a grandes ramos, yedras desgajadas, formando el lila sobre el verde oscuro, a manchones, un efecto de mucha languidez y poesía.

No me despedí de ninguno de mis compañeros de viaje. Lo que me disgusta en esta ciudad, es pensar que todo el mundo, hasta algunas lindas chicas que he visto, hablan genovés...

En ferrocarril de ([1]) Génova a París, 9 p.m. A las 7.5 p.m. salí de Génova. La estación es cómoda, con mucho movimiento. Hay bastante desorden sin embargo, pues si uno no se preocupa de consignar cual es el tren que le corresponde (hay 8 o 10 en la estación), no se lo dicen. Ya puede tomar otro.

/Me han tocado 7 compañeros en un pequeño f. [43 v.]

compartimento del vagón. Vamos muy incómodos. Por suerte recién se bajaron dos — un matrimonio — en la estación de Novi. Ninguno de los compañeros habla italiano: una familia inglesa pura — padre, hijo, hija —; un sacerdote francés; un matrimonio francés — inglés, y un italiano — francés, inglés.

Abril 24 — 2 ½ a.m. — Estoy escribiendo y esperando el tren para París en Modena, estación de la frontera. Me pasó igual cosa que en Génova con la m.[áquina] f.[otográfica]; ni siquiera la miraron. El equipaje lo revisarán en París. Hace un frío de todos los diablos. He tenido que dormir a trechos, incómodo, sentado, apretado, que es mal dormir. Fueran muy cómodos estos carruajes de 2ª si no hubieran más de 4 personas en cada compartimento; de otra manera, deshacen de noche. Veremos como / pasaré la noche. Por otro lado, estoy bastante desanimado de este viaje, todas caras desconocidas, sin admirar gran cosa porque estoy solo, sin comunicar a nadie mis impresiones. Con el idioma me entiendo bastante bien, aunque a veces suelto una expresión en pleno castellano por la dificultad de hallar ([el] la equivalente en francés. [43]

Pasé el resto de la noche durmiendo a ratos y como podía, desde Modana hasta que me desperté a las 6 a.m. un paisaje admirable en los alpes de Saboya. Pa-

[43] Estas dificultades idiomáticas no siempre tenían consecuencias desagradables, según le contaba el mismo Quiroga a D. Julio E. Payró. Deseando entablar un día conversación con una dama, en apariencia accesible, se le ocurrió al joven elogiarle "un petit horloge", que ella llevaba como prendedor, con el consiguiente escándalo de la dama que lucía un relojito (montre) y no un reloj de pared. Es claro, comentaba luego Quiroga risueño, que eso mismo servía para iniciar las relaciones.

sábamos junto a la falda de montañas nevadas, algunas completamente, otras apenas. Estos grandes tipos de franceses, no contentos con destrozar todo el llano con sembrados — trepan a gatas a la[s] montañas a echar un poco de trigo, expuestos a romperse la nuca.

El trayecto hasta París, lindísimo: es / sorprendente lo que hace esta gente con sus sembrados tan regulares, los rectangulados, tan variados en color. La campiña entera parece una alfombra ([de]) a cuadros de color. f. [44 v.]

En Turín cambiamos de tren — a las 11.30 p.m. en Modana, otro, — a las 2 ½ a.m.; otro en Macon, a las no recuerdo cuanto. Se almuerza en Dijon, a las 11 ½ a.m. y hay 25 minutos de espera. El almuerzo (un fiambre, bife con purée y pollo asado) cuesta 3 francos. No es caro. Traía desde Macon por compañeros de viaje a dos ingleses y un francés; era justo que no cambiáramos una palabra. Los ferrocarriles están mucho mejor atendidos aquí que en Italia. Un enorme movimiento de trenes: pasan ([1]) un (*la*) línea cada 8 minutos. Es verdaderamente matador el aspecto de estas ciudades donde nieva, con sus techos de media

/de Salto a Montevideo: 12$. f. [45]
de Montevideo a Génova y vuelta: 160$
de Génova a París: 78 frs. con 15 cts; equipaje 24.80. Total: 102.95 frs —
Velocidad ferrocarril expreso Turín — Modena: 1000 mts: 57"
Velocidad ferrocarril expreso Macon — París.
1000 mts: 63", 25" 2/5, 51", 67", 57", 42", 42", 48".
Pasaje tres rieles en 1/"

agua, sin arquitectura ninguna, en un aspecto de miseria y desolación. Para nosotros, acostumbrados ([a]) al coronamiento de nuestras casas, es muy desagradable la impresión. Todas las ciudades del trayecto, apeñuscadas, encimadas, altas y oscuras.

f. [45 v.] A veces me costaba bastante hacerme entender, como en ocasiones no / entendía jota de lo que me decían, con su acento gutural y nasal, fuera de la rapidez con que hablan.

¡Qué carreteras, santo Dío! Son blancas, blanco crema, y angostas, de tal modo que difícilmente dan paso a dos carros. Pero, en cambio, una tersura y una corrección que me hará sin duda alguna comprar una máquina para ([corr]) correrlas.

Estoy escribiendo en París, a las 9 y 45 p.m., en un café de una calle atravesada, tomando café. Voy a dormir.

f. [46] /[En blanco.]
f. [46 v.] /[Escrita en forma inversa.] Tenía la morbidez elegante y pálida de las señoras desmayadas. ([En sus ojos]) Ostentaba sobre el puente, sobre la borda, sobre el utramarino ([disipado del]) acerado de las últimas lontananzas, su figura incomprendida y fatal.[44]

       papel sellado (hombre)
       cama (mujer)

[44] La primera frase pertenece al poema en prosa transcripto en las fojas 38-89. (Véase la nota 87.) La segunda frase no ha sido identificada aún. Debe tratarse de algún ejercicio de estilo. (Véase la Introducción, III, D.)

```
as de copa   (oro)    basto              espada
(casa)                (gusto)            traición
2 mesa       mucho dinero    regalos    camino de día
3 hablar     poco                        camino de noche
4
5
6
7 alegría, ausente
+ mujer galante   mujer X me
                  requiere  alcahueta vieja mujer
de la mujer                             [huchada.
que pensamos  =    =        camino   mala lengua
rubio              x        trigueño fizgado[45]
```

/[lluvia de intención neumónica?] [46]   f. [17]
[El resto de la página, en blanco.]

/E. [duardo D.] Forteza — Billing[h]u[r]st   f. [17 v.]
   1720 [47]
—un llanto efusivamente ([leve?] (*amargo*) [48]
[E. D.] Larroque — Misiones 174 [49]
—corrección de estuche azul [50].

[45] Seguramente es éste el borrador de una clave para leer el porvenir en las cartas. Vincúlese este apunte con el episodio anotado el 14 de abril.
[46] Se trata, probablemente, de un ejercicio de estilo. (Véase la nota 44.)
[47] D. Eduardo D. Forteza era cuñado de Quiroga por su casamiento con Da. María Quiroga. Nacido en el Salto, se dedicó en su juventud a la poesía y, desde Buenos Aires, envió sus colaboraciones a la *Revista del Salto*.
[48] Véase la nota 44.
[49] E. D. Larroque era comisionista y representante de fábricas extranjeras. (Véase Museo Histórico Nacional, Sección Manuscritos, "Cartas enviadas a Javier de Viana", tomo 1, 1895-1910, Documento N° 43.)
[50] Véase la nota 44.

[José María] Fernández Saldaña — Rincón 51 [51]
[Alberto J.] Brignole — 25 de Mayo 87 [52]
[César] Morel — Sierra 217 — [53]
[J. M.] Flores. 18 de Julio 72. [54]
Edou[a]rd Pierre
    Rue Bergère 36
        París [55]
—([lombriz]) ([.........]) [56]
J. M. Flores — Montevideo Marzo 24. 900 [57]
   La gente de París al verme mover ([la]) el ([cabeza]) cuero cabelludo dirá que soy un poeta desterrado del Polo.

f. [48]
/tenía la palidez mórbida y elegante de las señoras desmayadas
   —... el verde claro de las esperanzas y el verde profundo de las desesperaciones [58]
   Arturo Sturla — *Génova* [59]

f. [48 v.]
/[En blanco.]

---

[51] Esta dirección pertenecía a una casa de pensión, cerca del actual edificio de la Bolsa de Comercio, donde vivía D. José María Fernández Saldaña, según él mismo ha comunicado.

[52] Se trata de la casa –25 de Mayo esquina Pérez Castellano– en la que D. Alberto J. Brignole, entonces estudiante, alquilaba un cuarto.

[53] D. César Morel era cuñado de Quiroga por su casamiento con Da. Pastora Quiroga. En el curso del *Diario* se le menciona repetidas veces.

[54] J. M. Flores fue condiscípulo de Quiroga y sus amigos, en el Instituto Politécnico del Salto. Según ha comunicado el Dr. Brignole, poseía una letra hermosa por lo que Quiroga le dio muchos originales para que se los pasara en limpio, entre ellos el del "Cuento sin razón, pero cansado".

[55] No ha sido posible identificar aún a esta persona.

[56] Véase la nota 44.

[57] Véase la nota 54.

[58] Véase la nota 44.

[59] Se dedicaba a la exportación de piedras de ágata, especialmente a Italia y Alemania. Quiroga pudo haberlo conocido en el Salto.

[Diario de viaje a París, de Horacio Quiroga]

[SEGUNDA LIBRETA]

/[En blanco.] f. [1]
/[En blanco.] f. [1 v.]
/París — Abril 25 — 900 — Llegué anoche a las 7 f. [2]
y 20 p.m., en punto. Dejé mi equipaje en depósito
(tampoco me revisaron nada), y tomé un carruaje,
([todos estos]) los cocheros de los de alquiler llevan li-
brea. Fui a Casa de Villan et fils, Calle de l'Entrêpot, 13.
No estaba, y pregunté por Escalante, para quien traía
una tarjeta.[60] Como no salían, fuimos con el portero
a inquirir por cafés, hoteles y casas de hospedajes sos-
pechosas donde viviría: Dimos con la casa; no estaba.
Pedí un cuarto para dormir y marché a la calle, con
cierta hambre, pues eran las 9 p.m. y no había comido
nada. Compré un pan por diez céntimos y entré a un
café / a tomar un ídem: 20 cts. ¡Qué cena magnífica. f. [2 v.]
Volví a dormir a las 10 p.m., y ahora acabo — 8 a.m., —

[60] Este joven uruguayo, mencionado por Quiroga, varias veces en el
curso de su *Diario*, se dedicaba a actividades comerciales, según ha comunicado el Arqto. Jacobo Vázquez Varela, que lo conoció entonces. (Véase
la nota 109.)

de hablar con Escalante. Parece muy buen muchacho. Le expuse mis intenciones de vivir con $ 50. Le pareció difícil la cosa, pero, buscando, se encuentra. Saldremos enseguida.

París es una buena cosa, algo así como una sucesión de avenidas de Mayo populosísimas, llenas [de] luz, de gente corriendo, de gente hablando en la calle, de turcos, de bicicletas[61] ([de]) y de deslumbramiento.

La casa donde he dormido cuesta 5 francos diarios: Se supone que es mucho para mí, aunque en general no es caro, dados la bondad de la pieza y el pedido de cuartos.

f. [3]   La exposición no está ni medio / concluida, según me han dicho.[62] Pagaré un franco de entrada.

[61] Puede advertirse el curioso lugar que ocupa la bicicleta en esta enumeración caótica en la que recoge Quiroga sus primeras impresiones de París.

[62] La Exposición Universal de 1900 fue la cuarta realizada en París. (La primera es de 1855; la segunda de 1867; la tercera de 1889.) Como señala el mismo Quiroga, no estaban aún concluidos los trabajos preparatorios cuando él llegó, pese a que había sido solemnemente inaugurada el 15 de abril. Los cronistas de la época señalan que los visitantes debieron conformarse, durante las primeras semanas, con la atenta contemplación de las fachadas y de las cúpulas. Paulatinamente fueron incorporados nuevos pabellones y se terminaron los ya habilitados. Esta cuarta Exposición Universal de París fue la más ambiciosa. Ocupaba un espacio casi siete veces superior al de la primera (112 hectáreas en vez de 16), y se desplegaba en torno de un barrio entero, el llamado Gros-Caillou, abarcando los Campos Elíseos, el Campo de Marte, el Trocadero, y el Quai d'Orsay y la Explanada de los Inválidos. Fue clausurada el 5 de noviembre. (En *L'Illustration*, tomos CXV y CXVI, año 1900, hay abundante material gráfico y periodístico sobre la Exposición.) Pese a su indiscutida grandeza material, la Exposición no logró igual plenitud en el aspecto artístico. Muchos contemporáneos pudieron quejarse, con razón, de la ausencia casi total de lo más selecto del espíritu francés. Y pudieron repetir las palabras que Mauclair había escrito once años antes, con motivo de la tercera Exposición: "... il est impossible

He llegado a París con $ 88.00, es decir con 440 francos.

En la Exposición: — Un bronce apocalíptico: Mercurio en un caballo palmeado y deforme destrozando una semi fauno, semi sirena. Atrás un Moisés levantando una concha. Debajo un [.........] extrangulando un pulpo. Al costado, un tiburón luchando con una cigüeña. El viejo, a su vez, hunde una sirena.[63]

— Un bronce de dos [.........] [.........] distinta agua. La marina de es Robert Diez (fecit)[64] — Pabellones notables: Suecia, en primer término; Hungría, Alemania, Noruega.[65]

à un étranger venu en 1889 de s'apercevoir de tout cela, de cette préséance de la morale dans la littérature, de ce libéralisme étouffant l'esprit de caste, de tout ce beau mouvement iconoclaste allant renverser les dogmes au sein même de la dogmatique Sorbonne, de l'Académie des Beaux-Arts et de tous les conciles enseignants. Rien n'indique ici un progrès de dix ans. Rien même n'évoque le XIX siècle; on erre sans pouvoir dater ce qu'on regarde autrement que par des marques de bicyclettes. On attendrait en vain, central, un Panthéon de nos gloires intellectuelles, et si le musée de l'armée montre le sabre de Marceau ou le chapeau de Masséna, ne serait-il pas naturel cependant que l'écrivain ou le sociologue étranger pussent contempler le masque de Baudelaire, les reliques de Michelet ou de Taine, les manuscrits où Flaubert douloureusement peina, toutes les chères dépouilles de nos maîtres? Cette France est tue par les responsables; la pensée de cette France n'a pas été invitée, l'âme est absente. Non, ce spectacle ne nous résume pas, il n'offre que notre décor. Il limite la pensée à l'application utilitaire, il n'est que l'apothéose d'une nation positiviste et athée". (Véase el texto completo en la *Revue Encyclopédique*, París, Librairle Larousse, 1900, pág. 714.)

[63] Ninguno de estos monstruos que con asombro describe Quiroga ha pasado a la historia.

[64] Robert Diez (1844-1922) era un famoso escultor alemán de la época.

[65] Quiroga no aporta ninguna indicación especial sobre estos pabellones. Es probable que en el de Suecia le haya atraído la extravagante y rebuscada arquitectura que evoca rápidamente al Doré de los *Contes drolatiques*; que en el de Hungría le llamara la atención la magnificencia de

Abril 26. A las 12 y 20, en un restaurant del Boulevard Saint-Michel. Esta mañana mudé / de habitación, pues la que tenía era muy cara: 150 frs al mes. Ahora tengo una — Hôtel de la Place de l'Odéon, 6 — mejor que la otra, por 80; y desde el 1º tendré otra, en el mismo hotel, por 50. No es caro; todo lo contrario, demasiado barato. En esa casa pararon Britos Foresti, Velazco, Larralde y muchos otros uruguayos.[66] A este último debo de verlo uno de estos días: Está en Berlín. Me queda por ahora la cuestión comida cosa difícil en París, no porque no haya donde déjeuner y diner por 2 frs al día, o por 60 francos al mes, sino que uno no conoce nada, pues estoy seguro que a los [.........] de estar aquí, me podré dar vuelta con facilidad. Por lo pronto, tengo 250 frs de renta mensual, a repartirse de / esta manera: cuarto 50 frs; arreglo del mismo, 5 id; lavado y planchado, 10 id (debía de ser más, pero no pienso andar más [que] de camiseta en bicicleta, y de este modo quedan eliminados los

---

la sala de Húsares; que en el de Alemania se haya demorado en las salas dedicadas al arte francés del siglo XVIII que atesoraba el Imperio; que en el de Noruega fuera fascinado por la deliberada acentuación del color local, por la exaltación de la pesca y de la caza en regiones desconocidas y poco hospitalarias. Por lo menos, esas son las notas que hoy parecen más características de los mencionados pabellones. (Véase, al respecto, *L'Exposition de Paris*, París, Librarie Illustrée, Montgredien et Cie., Editeurs, s. a., 3 vols.; particularmente las páginas 241 y 259 del tomo II y las 65, 127 y 163 del tomo III.)

[66] Se trata, probablemente, de los doctores Domingo Larralde, que se graduó en París; Federico de Velasco, que cursó estudios en Alemania y en Francia, y José Brito Foresti, especialista en enfermedades de la piel, que también estudió en París. (Para los dos últimos, véase Arturo Scarone: *Uruguayos contemporáneos*, Montevideo, 1918, páginas 94-95 y 624; para el segundo, véase, también, las páginas 81-82 de la nueva edición, Montevideo, 1937.)

cuellos, puños, etc. Después: 100 frs que pienso dedicar por mes a comer; tal vez 10 francos de algunos cafés con leche de mañana. El todo suma 175; quedan 75 frs que gastaré tranquilamente en cigarros y otras sonceritas. No es mucho que digamos 17 pesos por mes en París; pero, ahorrando de cuando en cuando algunos días, pienso no faltar a carreras.[67]

Anoche cené con Escalante en un restaurant de Boulevard des Italiens, y me presentó dos amigos uruguayos con los cuales cenamos. No me parecía estar en París, en una charla corrida / de castellano. Escalante me ha servido muchísimo; y sin él, me hubiera dado un trabajo enorme arreglarme. f. [4 v.]

De tardecita y de noche vamos al a los bulevares (des Montmartre, des Italiens, des Capucines, de la Madeleine, todos seguidos y en conjunto 12 o 15 cuadras). Fui ayer a ver bicicletas en la Avenue de la Grand' Armée. Hay máquinas desde 20 francos hasta 450. He visto una Rudge[68] de 11 ½ kilos, manubrio y trasmisión a voluntad, por 195 frs. Es muy posible que la compre mañana o pasado.

[67] En carta de Enrique Gómez Carrillo a Rubén Darío se dan otras cifras que vale la pena cotejar con las de Quiroga: "La vida en París le costará lo mismo que en Madrid, más o menos. Un cuarto en un hotel: 60 francos; la comida en el restaurant de La Rochefoucauld, por ejemplo, 150. Total: 210 francos mensuales, como gastos indispensables. Lo demás ya sabe usted que cuesta lo que uno quiera: diez céntimos o diez millones". (Véase Alberto Ghiraldo: *El Archivo de Rubén Darío*, Buenos Aires, Editorial Losada S. A., 1943, página 71. La carta no tiene fecha pero es, sin duda, de 1900.)

[68] Aun hoy es famosa esta marca. La trasmisión a voluntad, a la que se refiere luego Quiroga, significa que la máquina se entrega con un piñón y un engranaje con el número de dientes que el comprador indique, lo que permite obtener la multiplicación (o sea, la trasmisión) deseada.

El Domingo hay carreras en el Parc des Princes. Corren Walter, Bouhours, Taylor (campeón de la hora) y otros titanes: 100 Kilómetros.[69] Hace 4 o 5 días un corredor — no recuerdo como se llama — dio 10 Kms. en 9' y 30" o 40". Cosa asombrosa.

/Hace un día magnífico y frío, muy frío. Voy bien del pecho. En este momento me traen la cuenta. El dueño de mi hotel me había enseñado los restaurants de este boulevard por muy baratos: 1,25 a 2 frs. Me cuesta la cosa 3.85. Cosas así pasan a menudo.

En el Louvre — Cuadros — Delaroche: La joven mártir — Girodet Trioson? — Prudhon — Parece que un pintor uruguayo se ha inspirado en un cuadro de Pedro de Guérin: *Le Retour de Marcus Sextus*[70] —

Mañana continuaré. El Louvre es inmenso. Se necesita un mes para verlo completamente. Magnífica la sección de marina. Porción de pintores reproduciendo. Mucha dulzura en la línea y tono de los pintores célebres.

[69] El primer corredor que menciona Quiroga es, quizá, el inglés A. E. Walters, que ganó en 1899 la famosa carrera de 24 horas en el Parc des Princes. El segundo corredor es el francés Emile Bouhours, campeón de Francia de medio fondo (100 kms. en pista tras entrenadores mecánicos), en los años 1897, 1898, 1900 y 1902. El tercer corredor es el inglés Edward Taylor, vencedor del anterior en el año 1899.

[70] *La jeune Martyre* de Paul Delaroche (1797-1856) se encuentra ubicada en la sala VII del Museo, correspondiente a la Escuela francesa del siglo XIX, y catalogada con el N° 217. Hay cuadros de Louis Girodet Trioson (1767-1824) en la sala III, dedicada a los pintores del primer Imperio; los de Pierre Prudhon (1758-1823) están en la sala XVI, reservada al siglo XVIII francés. El cuadro de Pierre Narcise Guérin (1774-1833) que menciona Quiroga se encuentra en la Sala III, con los de Girodet: le corresponde el N° 393. Esta tela obtuvo un éxito sin precedentes en la Exposición de 1800. (Véase Louis Hourticq: *Les tableaux du Louvre. Histoire-Guide de la peinture*, París, Librairie Hachette, 1921; especialmente las páginas 122 y 148.)

/En París no se silba. En tres días no he encontrado uno. Hay una enorme abundancia de sombreros de copa; desde atorrantes hasta personajes. No se puede conocer los niveles aquí. Turbantes, españoles de capa y gacho, pantalones anchos, medianos y angostos; botines sin elegancia en la gran mayoría; peinados de todas formas. Las cocottes muy lindas en general, y con cierta nonchalance despreocupada que encanta. En este momento (en el sofá del hotel donde escribo) entran tres chinos ([que]) de trenza, babuchas y togas de raso celeste. Viven aquí. En los boulevares se expone, literalmente hablando, la vida cada vez que se cruzan. La ilumina- / ción de estos podía ser mejor. Creo que me romperé muy tranquilamente la cabeza ([con]) en los primeros días que marche en bicicleta. Con 100 pesos se puede uno dar la gran vida, aun en tiempo de exposición.

He visto muchos particulares con luto en el brazo.

—Muy curioso en el Boulevard des Italiens la casa de Alimentación — gestación universal. Hay chicos de seis meses. Todos en recipientes de cristal, a una fija temperatura, muy bien ([apretados y]) envueltos en ropa.

—Notable la estación del ferrocarril subterráneo. Este atraviesa todo París, y va a los pueblos de los alrededores: 15 a 50 céntimos —

—29 Abril — A las 1-25 p.m. — En el Bois de Boulogne — Hace un día esplén- /dido, un día de América, sin viento, sin frío, casi calor, con un Sol radiante y limpio. ¡Qué grande es París entonces, sin brumas y oscuridades, abierto a los cuatro vientos del bienestar y la gloria.

Estoy esperando que sea ([n]) la ([s]) 1 ½ para ir al Velodromo de Parc des Princes. Se corren ([cien]) 100 Ktros, entrando Taylor (ex-campeón de la hora: 58.980); Baugé (campeón de la hora desde hace 6 días: 59.4...); Bouhours (campeón reciente de no sé qué); Vallters (otro temible del medio fondo), y otros más que no recuerdo. La cosa será terrible, pues se piensan batir todos los records a partir de 5 Km. Y con el tiempo que tenemos, será cosa de no perder.[71] Las entradas de 1ª cuestan 3 frs; de 2ª, 2, de 3ª 1.

f. [7] /Ayer de tarde recorrí medio bosque de Bolonia. Esto, que parecerá poco, es una enormidad, pues el tal parque es inmenso. No se trata de un cuadrado, así,

cortado acaso por dos o tres avenidas; es una especie de cuadrilon-  go, cuyo trazado de calles, sendas y grandes avenidas,

sería éste

[71] El tiempo que anota Quiroga para Taylor está equivocado. Debe decir: 58.890. El segundo corredor mencionado ahora es Alphonse Baugé que en 1898 y en 1900 fue vicecampeón de Francia. En cuanto al corredor que Quiroga llama Vallters, debe tratarse de un lapsus por Walters, ya identificado en la nota 69.

Tal es la multiplicación y enredo de las avenidas.[72] Son de / macadam, pero maravilloso en sus tres cuartas partes, salvo algunos trayectos, que si bien excelentes para carruajes o cualquier vehículo, la bicicleta siente no pequeñas sacudidas. En París se suele ser muy exigente con respecto a los caminos.

Por lo demás, el bosque es algo monótono, sin ser ni mucho menos como se le ha ponderado. Un[a] monót[ona] uniformidad de árboles altos y delgados, con no muchas variantes, imitando en muy pocas partes un trabajo de la naturaleza.

---

[72] El primer dibujo está ubicado hacia la parte inferior de la primera mitad de la foja 7 al centro; el segundo ocupa casi toda la segunda mitad de la misma foja. Ambos son a lápiz.

—2 y 20 pm — Estoy hace media hora en el Velódromo. En este momento toca una marcha la banda de música. Estoy medio loco. ¡Qué recuerdo!. Y luego los titanes que voy a ver, me ponen excitadísimo. La pista tiene 666.66.[73] / y está tan bien trazada, que parece tuviera la mitad. Hay entradas de 1ª, 2ª, y 3ª. Estoy en 1ª — Habrá en este momento unas 6 u 8000 personas de todas clases. Les llama la atención mi camiseta con C. C. S.[74] ¡En París!

Hace rato probaron unos triciclos a petróleo para entrenar. Colosales velocidades. Van a correr los de a pie.

4   vuelta de Taylor 41" 2/5
10   "   "   Walters 39".
37" 4/5 Walters ([-]) y Taylor
10 K: 9' 33" 2/5 (batido el anterior) Taylor —
20 K; 19' 6" 1/5 (batido el anterior) Taylor
30 K; 28' 43" ("   "   ") Taylor
62 vuelta 36" 2/5 (Taylor)
40 K — 38' 19" 3/5 (batido el anterior) Taylor

En este momento van: 1º Taylor; 2º Walter (acaba de descomponérsele el triciclo) 3º Baugé; 4º Bouhours — / 50 K: 48' 4" 4/5 (batido el anterior) Taylor
A los 55 K a Baugé se le revienta el neumático y cambia de máquina —

[73] Este velódromo fue construido en Boulogne-sur-Seine en 1897. En 1931 fue demolido para ser reemplazado por el actual, en cemento rosa especial. En esta pista termina, desde hace muchos años, el Tour de France, creado en 1908.

[74] Estas iniciales corresponden al Club Ciclista Salteño que Quiroga fundó. (Véase Delgado y Brignole, obra citada, páginas 53-56.)

Taylor cambia de entrenador por una bicicleta eléctrica y pierde mucho terreno
60 K: 57' 47" 4/5 (Taylor) (batido el anterior)
62 K 313 mts Una hora — Taylor (antes de lo anterior
A Taylor se le revienta el neumático y toma otra máquina
80 K — 1h 19' 21" 2/5 — Taylor
Acaba de retirarse Taylor. Parece fatigado. Ha llevado un tren terrible
90 K — 1h 29' 33" 2/5 — Bouhours —
100 K: 1h 39' 13" 3/5 — Bouhours

Llevan, como se ve, un tren horrible, más de doce leguas por hora. Todo lo que diga es poco. Desarrollos enormes: 8, 9, 10 mts — / Si se llegan a despegar del entrenador, ([no]) pierden un gran terreno y no se juntan hasta la vuelta siguiente. Aquí se comprende lo que es eso de ir entrenado. Usan máquinas usadas, casi viejas; no muy encorvados, salvo en algunos embalajes en que se parten en dos. Cuesta un triunfo hacer mover esas máquinas. ([A]) Ellos mismos, se sacuden de un lado a otro como patos gotosos. Taylor ([,]) el tigre — es flaco, esbeltísimo. Bouhours, delgado también; Baugé, más flaco aún; Walters (inglés), fornido. Los otros no son nada al lado de los anteriores. Hay dos de acaso 16 a 17 años. Taylor tiene 21. Es ligeramente moreno, algo narigón, *de* cara muy infantil y simpática.[75]

---

[75] El entusiasmo de Quiroga por la competencia deportiva se comunica a su lápiz que redacta una nerviosa –y viva–. crónica de la prueba.

—Abril 30 — 2 ½ p. m. En Nôtre-Dame. La misma impresión general que el Pantheon, La Madaleine, y de todos los monumentos de París, muy pobre, debido ([a]) al color / oscuro, sucio y manchado de todas las paredes.[76] El interior, gótico puro: 5 naves. He visto la gran campana Sebastopol. Toca solamente *(en)* los grandes días. La campana voltea sobre el badajo: 18000 K. aquella. El guarda — no Cuasimodo — la tocó con el mango de un martillo, apenas, y ha sonado por dos minutos.

Estoy en la cuspide de Nôtre-Dame, después de subir 345 escalones en caracol. Lo primero que me ha llamado la atención han sido los canalones para el agua — en forma de pescuezo de bicho raro, rectos y avanzando a la calle, y el plomo que corona toda la cúspide de las torres. Plomo por todas partes. Me he fijado si faltan los pedazos que Cuasimodo fundió y vertió sobre la banda de asaltantes.[77]

/En el Louvre — Le Pied-Bot de Ribera. Magnífico, saltando del cuadro.[78] Con la originalidad de que un rubio de veinte y cinco a treinta años que le reproducía, hacía una obra mejor que la del original.

---

[76] A su regreso de París, D. José L. Gomensoro le preguntó a Quiroga qué impresión le había causado la gran ciudad. Éste reiteró: "Todas las casas son negras".

[77] El episodio aludido ocurre en el capítulo IV del libro X de *Nôtre-Dame de París*, por Victor Hugo (1831). Adviértase el ingenuo asombro de Quiroga ante las extrañas gárgolas.

[78] Este cuadro de José Ribera (pintado en 1624) ingresó en el Louvre con la colección La Caze; se encuentra en la Sala VI, dedicada a la pintura española, y tiene el Nº 1725. (Véase Augusto L. Mayer: *Historia de la pintura española*, Madrid, Espasa Calpe S. A., 1928, página 263, y Hourticq, obra citada, páginas 56-57.)

—*Fruits et instruments de musicien* de Antonio Pereda, español (1599 a 1669) [79].

Un tapiz colgando y un almohadonado, soberbios—

—Notabilísimos, como expresión, dos cuadros de Rubens (1577-1640) flamenco *Caballo atacado por leones*, y Job atormentado por los demonios. [80]

— *Las ilusiones perdidas* de Charles Gleyre (1807-1876) — Es una caída de la tarde, pero de infinita dulzura. Una barca egipcia con músicos, romanos y mujeres en casi éxtasis. A su costado, un romano al cual se [le] ha caído / una cítara y deja el brazo colgando. Todo esto sobre el amarillo desvanecido de la última línea del ([la]) río, a lo lejos... —[81]

En el Palacio de Bellas Artes. Notables los paisagistas rusos [?]. Muy modernistas. Un cuadro de Chueca (90) [82] en la sección España: Una carrera de

f. [10 v.]

---

[79] Esta tela se encuentra en la misma sala que el *Pied-bot*; le corresponde el N° 1720. Quiroga se equivoca al citarla ya que su título exacto es *Fruits et Instruments de musique*. También parece equivocarse en las fechas. Según Mayer, el nacimiento de Pereda debe situarse hacia el 1608 y su muerte en 1678. (Véase Mayer, obra citada, páginas 407-411, y Hourticq, obra citada, página 56.)

[80] Los cuadros que Quiroga atribuye a Rubens han sido identificados como de su escuela. Están en la sala I, La Caze; a *Job* le corresponde el N° 2125; al *Cheval attaqué par des lions*, el N° 2135. (Véase Hourticq, obra citada, página 126.)

[81] *Les Illusions perdues* están en la sala V, correspondiente a la escuela francesa del siglo XIX; tienen el N° 363. (Véase Hourticq, obra citada, página 147.)

[82] El nombre de este pintor es Ulpiano Checa y Sanz (1860-1916); el cuadro que menciona Quiroga obtuvo un triunfo al ser exhibido en el Salón de los Campos Elíseos en 1899. Fue muy celebrado, en el Salón de 1900, su *Mazeppa*.

carros en Roma — un cuadro *Fin de Siglo* de Cabello Izarra (99):[83] Un pobre diablo vendedor de cualquier cosa ante un cuadro modernista — prerrafaelita. Una divina ([de]) sonrisa de curiosidad y asombro e incomprensión Unas guindas y ciruelas de De la Riva-Muñoz, ya premiado anteriormente —[84]

Pabellón de escultura. Un gigante monumento ([de Vict]) a Victor Hugo, por Barrias. Sobre un ([a]) alto peñasco, el poeta / semi envuelto en una capa, sentado, y en su hierática postura de costumbre, aunque la mano más baja. Por bajo de la roca, rodeándola, La Poesía, alcanzándole desesperadamente la lira, La tragedia, como ([lo]) implorando perdón a lo alto; La Fama con la *Leyenda* de los siglos en una mano, levantándola; una virgen con una fusta de bufón inclinada sobre el vacío para golpear ([y]) e indicando con el otro brazo el camino del cielo.

La cara del poeta es diferente a la que todos conocemos. Está notablemente dulcificada, con mucho del tipo de Edison y Renán. Verdad es que le representa muy joven, de acaso treinta años, sin bigote ni barba, y una fina cabellera.

En el pedestal, hay pulpos, tambores, corazas.[85]

---

[83] Segundo Cabello Izarra (n. 1868) obtuvo mención honorífica en la Exposición, quizá por este mismo cuadro.

[84] María Luisa de la Riva Muñoz (n. 1869) obtuvo medalla de segunda clase en la Exposición.

[85] Este monumento de Louis-Ernest Barrias (1841-1904) fue sumamente discutido, por motivos que la descripción de Quiroga revela. Actualmente está ubicado en la plaza Victor Hugo de París. (Véase *Figaro Illustré*, año 18, serie 2ª, N° 128. E., París, junio de 1900. En la portada, en colores, aparece el Monumento fotografiado de espaldas, en primer plano, a la derecha; en la página 129 una fotografía muestra al Monumento en último plano, a la izquierda.) Aplastado por esta mole alegórica, se en-

/ Genial sobre manera un cuadro de ([Frirat:]) f. [11 v.]
Friant: una enlutada que cae desesperada sobre una
loza de cementerio y dos compañeros que quieren
detenerla. En el fondo y costados, señores, lápidas,
etc. *Boutigny,* pintor militar, autor de *Un brabe.*
Una estación de ferrocarril de *Loir* Luigi (1899)
—[86]

—Viernes 4, música militar en el Luxemburgo, de
4 a 5. Sábado 5: Inauguración del Pabellón de Estados-Unidos. Tocará la banda militar *Souza,* recién llegada de E.[stados] U.[nidos].
La venta de cigarros es monopolio del estado. En
los cafés cuestan de 10 a 20 cts más —
—Las bandas militares, magníficas. Dos contrabajos. En el Luxemburgo, en un radio de cuarenta metros, está cercado el recinto. Se paga 10 cts.

/ Mayo 5 — 9 ½ p.m. En mi cuarto. Apropósito de f. [12]
la dama de las otras noches, sentí en todo este día
cierta picazón que me preocupó un poco. Esta noche
— hace un rato — ¡Dios santo! Una recidiva!. ¡Y
([ahora]) ahora que tenía máquina para salir todos

---

contraba, al pie, *Le baiser* de Rodin, que Quiroga parece no haber visto.
(Sin embargo, en *Los Arrecifes de coral* hay un poema que revela el conocimiento de su arte; se trata de "Orellana", donde dice:
"tras la curva sobrehumana de una frente de Rodin".
En el cuaderno preparatorio de dicho libro, fojas 18-19, el poema aparece fechado en París, mayo 1900.)
[86] Sin duda, el cuadro que menciona en primer término Quiroga es *La Douleur* de Emile Friant (1863-1932) que obtuvo medalla de oro en 1900. *Un bravo* es una de las telas más famosas de Paul-Emile Boutigny (1854-1929). Luigi Loir (1845-1910) se especializaba en la pintura de escenas callejeras parisinas. Todos los pintores indicados en esta nota son franceses.

los días!. Comencé con el permanganato. Veremos mañana y pasado.

Mayo 6. Me parece que esta mañana va mejor, es decir: aun no llega — a lo que parece — al período agudo, si es que lo tendré.
— 2 ½ de la tarde. Estoy en el Parc des Princes.
Veremos — A pie: una serie: 800 mts: 2', 48" más o menos — Motociclos: 3h. 26' 30"
10 Ks: 8' 54" 4/5 = 20 K — 17' 34 4/5
(Béconnais)   (Béconnais)
30 Ks: 26' 20" 4/5
(Béconnais)   A Béconnais se le descompone
                                    el motociclo.
40 Ks: 36' 7". — 50 K. 47' 32"
                         (Tossier)
/A Wasseur en un viraje se le salta una rueda — Casi todas descomposturas.

1 hora: 61 K 720 — menos que las máquinas ¡qué escándalo!

1º Osmont, 2º Fossier; 3º Joyeux 4º Beconnais —[87]

— . —

La Venus de Milo

Entre el prodigio de lo oculto y forma
En que el Genio su nombre no ([grabara,])
   esculpiera,

---

[87] Se trata, probablemente, de corredores de valor muy secundario, ya que no ha llegado hasta hoy la constancia de alguna notable performance o récord cumplidos por ellos. En la anotación de junio 9. Quiroga menciona a otros corredores olvidados.

Sueña en mármol la augusta mutilada,
Venus de Milo.

Hiergue en la vaga media luz del Louvre
La trunca arquitectura de su tórax,
Alta a la admiración, sencilla y dulce,
¡Oh ([mujer]) diosa griega!

Nadie pasa ([a su lado]) sin verla; nadie ([llama])
 (inquiere)
/Ni pregunta que asombro es el que mira. f. [13]
¿Quién, sin haber ([amado]) *(querido)*, no ha so-
 ñado
La gloria — carne?.

¡Oh potencia sin par de líneas y flanco!
¡Oh forma inmaculada del deseo!
No caer de rodillas a tus plantas
Fuera insensato!
Todo es poco a su lado: ¡Amor y Gloria!
Todo se deja en paz, por sólo un beso
Del modelo inmortal, de esa hermosura
Que ya no existe!

¿Por qué la carne, porque es carne, muere?
¿Por qué, de esos prodigios de la curva,
No es la línea tan blanca y tan nerviosa
Que la haga mármol?

Y si lo grande, aún frío, nos exalta;
Y si la piedra, aún piedra, nos humilla,
¡Qué ([de nosotros]) fuera de nosotros, ante el ruido,

¡De aquella vida! — Mayo 7. 5 p.m. — 1900.
París.[⁸⁸]

f. [13 v.] /Match Taylor — Elkes   Mayo 13 — 900
10 K: 10' 32" 3/5   20 K: 21' 6" 2/5
30 K: 31' 29" 2/5   40 K: 43' 9" 3/5
50 K: 54' 5" 215

Día casi nublado y frío; bastante viento. Elkes monta máquina sin cadena, de menos desarrollo que la de Taylor (cadena). Es un muchacho alto, flaco, muy flaco, que parece que no tiene cintura. Rubio, buen mozo, pelo negligentemente partido al medio. Tiene un estilo soberbio. Taylor es más ligero; el otro tiene un tren terrible. Hasta los 10 K van juntos; entonces pasa rápidamente Taylor. Siguen así cuatro vueltas. Pasa a uno Elkes; pero en el embalaje se despega. Cosa terrible en Elkes: tres o cuatro veces se ha despegado. Pues bien, antes de 50 metros él está otra
f. [14] vez tras el támdem. Los que sepan / lo que es despegarse, admirarán esto.

[⁸⁸] Este poema no fue recogido en *Los arrecifes de coral*. Quiroga ni siquiera lo incluyó en el cuaderno preparatorio. (Véase la Introducción, III.) En uno de los versos del poema —¿Por qué la carne, porque es carne, muere?— parece encontrarse un eco de la "Canción de otoño en primavera" cuando Darío dice:
"Y de nuestra carne ligera
imaginar siempre un Edén,
sin pensar que la Primavera
y la carne acaban también..."
(Debe señalarse, al pasar, que Quiroga no parece haber tenido particular devoción a Rubén Darío, y, por lo menos, en su tabla de valores siempre prefirió a Lugones. Recuérdese que su panegírico del poeta cordobés concluía afirmando que "es el primer poeta de América". Véase el texto en el Apéndice documental, Sección C) "Revista del Salto", N⁰ 5.)

Elkes pierde media vuelta. Tremendo clamor en las 5 mil personas que miran. Pero poco a poco recupera, hasta juntarse con Taylor. Siguen al lado. Taylor se despega: Elkes avanza vuelta y media. A Elkes se le agujerea el neumático y cambia de máquina. Taylor entretanto, consigue que sólo los separe media vuelta. Pero no puede. Al sonar la campana, Taylor se despega y abandona. Elkes gana por media vuelta.[89]

—Miércoles 16 de Mayo — Estábamos en el café Cyrano. Machado, Montealegre, Gómez Carrillo y otros más.[90] Yo jugaba al ajedrez con un periodista

[89] El corredor que menciona Quiroga en primer término es el neoyorquino Harry Elkes. Para Taylor véase la nota 69.
[90] El café Cyrano era un *cabaret* o *boîte* situado en Montmartre, en el boulevard de Clichy. Allí se reunían, al decir de Rubén Darío que lo frecuentó en 1900, "joviales colegas y trasnochadores estetas, danzarinas, o simples peripatéticas". (Véase Rubén Darío: *Autobiografía*, Madrid, Mundo Latino, s. a., capítulo LIII, páginas 177-178, y Francisco Contreras, *Rubén Darío*, Barcelona, Agencia Mundial de Librería, 1930, página 88.) El Machado que menciona Quiroga, sin mayor especificación, es quizá, el poeta español Manuel Machado. En marzo de 1899 éste se había trasladado a París para ingresar en el cuerpo de traductores en español de la casa Garnier. Entonces nace su vinculación personal con Rubén Darío y con Gómez Carrillo. Su regreso a España se fecha en diciembre de 1900. (Véase. Miguel Pérez Ferrero: "En la vida de Antonio y Manuel Machado", en *Sur*, año VIII, Nº 42, Buenos Aires, marzo de 1938, páginas 66-72.) Enrique Gómez Carrillo era el cronista del boulevard para la exportación hispanoamericana. Trabajaba, también, como traductor de la casa Garnier. Sus reacciones ante Quiroga y la impertinencia de éste, al reivindicar, con torpeza, la existencia del guaraní (que él entonces no hablaba), documentan bien su natural y recíproca antipatía. Aunque otras anotaciones posteriores del *Diario* señalen que llegaron a un acuerdo. Y el testimonio de sus biógrafos permite conjeturar que fue en compañía de Gómez Carrillo que Quiroga conoció a Rubén Darío. (Véase Delgado y Brignole, obra citada, página 100.) Estas mismas anotaciones arrojan luz sobre un rasgo del carácter de Quiroga. En París recrudece su nacionalismo, añora la Plaza Independencia o la laguna de Palma Sola; reniega de la gran ciudad y exalta la villa natal, y para equi-

español que no sé como se llama. Carrillo estaba empeñado en una jugada de ecarté. Parecía que había bebido algo; parecía, na- / da más.

De repente le pregunté: — Diga, Carrillo, ¿Vd. habla guaraní?

—¿Cómo?

—Si habla guaraní.

—No sé lo que es eso.

Me extrañó la cosa, pero nada dije.

—Y que es eso? insistió.

—¡Pues el idioma guaraní, de América.

Al rato le pregunté a Montealegre que estaba algo distante y no había oído.

—Y Vd, Montealegre, habla guaraní?

En esto saltó Carrillo:

—¡Pero, hombre, dale con el guaraní! Este hombre debe de estar... y se señalaba la cabeza. ¿Vd habla inglés? me preguntó.

—No, le contesté

—¿Y alemán?

Tampoco.

/— ¿Y cómo quiere Vd que Montealegre hable en guaraní? Ya que los americanos son bastante ridículos, todavía recuerdan sus cosas de allá.

Me chocó un tanto la impertinencia de la respuesta. Le contesté tranquilamente:

—Le pregunté a Montealegre si hablaba guaraní,

---

librar el despreciativo cosmopolitismo de estos expatriados sólo se le ocurre agredirlos con el guaraní. Vuelto a América, sin embargo, será otra vez el decadente, el exilado de París. Y en *Los arrecifes de coral* intentará expresar su experiencia de la gran capital del decadentismo.

porque Vd *ni siquiera conocía la existencia de* ([que en América hay]) un *idioma americano* que se llama guaraní.

Yo estaba algo dispuesto a llevar las cosas al fin. El no hizo caso o no notó el casi insulto de lo anterior.

—No, no sé, ni quiero saberlo.

Me supongo, respondí.

Y eso fue todo.

Escribo esta conversación, porque junto con la que sigue pinta algo del carácter de Carrillo.

/Al largo rato — 3 a.m. —, Carrillo entabló una discusión con un mozo por si se había pagado o no un servicio de café y cerveza, etc. La consumidora — una dama — se había ido hacía rato.

f. [15 v.]

Carrillo decía más o menos lo siguiente:

—Claro, con esa costumbre de dejar una copa acá, otra copa allá, resulta que después no saben lo que se debe, y cobran dos veces

—Pero no, señor Carrillo, contestaba el mozo. Esta señora no me abonó...

Como la discusión seguía, Machado ([muy]) amigo de Carrillo, que estaba sentado enfrente mío y casi al lado de Carrillo, aunque en otra mesa), dijo al mozo:

—Tiene razón. Dejan los vasos y las tazas por donde quiera...

/— Carrillo entonces se dirigió a Machado:

f. [16]

—¡Esto sí que es bueno! Y a Vd, ¿quién lo mete? No es en esa mesa, señor, es en ésta, y a Vd no le importa nada. *(Sale hablando francés con su vocesita gangosa; que no lo sabe tampoco.)* ¡Nos ha embromado Machado!

Éste, que le conoce, no hizo caso y se volvió al frente. Parece que Carrillo tiene muchas de esas cosas. Dicen que cuando toma algo, es terrible. Nadie le soporta. Por mi parte, creo que no le soportaría una impertinencia de esas.

Por otro lado, creo que no le he caído en gracia —

—Mayo 20 — En el Gran Palacio. En la sección pastel hay cosas imposibles.

Pintura: "El fin de un sueño": Luis Schryver —

Formidables los pintores ingleses, sobre toda po[?] deración / los cuadros de Juan Béraud. Uno de [?] es el descenso de la cruz. Los discípulos está[?] viendo a Jesús, su madre medio desmayada na desesperada y un discípulo, algo re[?] con el puño la ciudad a sus pies. Lo o[?]   s discípulos son obreros de este fin d[?]   ,eres vestidas como ahora, y la ciudad, Pa[?].

El otro es aquel célebre banquete   el cual la Magdalena cayó a los pies de Jesús. Igual intención; los comensales están de frac o jacquet, en la actitud que tomaría cualquiera individuo de esta época, al oír una curiosa — doctrina de fraternidad, etc. Magdalena está en traje de baile.

—Un cuadro de Doré, Gustavo. No vale lo que sus dibujos. Total: me pasé 4 / horas mirando cuadros. ¡Ay de los que se creen pintores en aquellas tierras! ¡Si vieran esto! Sobre todo, la enorme diversidad de estilo. Predomina, como [h]e dicho, el género modernista. Hay cuadros cuya tela pesará medio Kilo con pintura (se entiende cuadros chicos.) Los colores forman un relieve de medio centímetro.[91]

[91] Louis Schryver, pintor francés del siglo XIX, se dedicaba a las naturalezas muertas. Jean Béraud (1849-1935), logró una fugaz notoriedad

—Mayo 21 — Vengo del Consulado. No viene la carta de Ambrosoni, que debía estar aquí hace 20 días.[92] Tengo 13 francos en el bolsillo; nada más. Mañana cambiaré 10 liras en papel que traje de Génova, y si, con todo, la carta no llega, irá la bicicleta a parar a otra mano que no la mía. Y el mes de hotel vence el 26. No sé que diré; que espere, lo único que puedo hacer. Esta parece muy buena gente. / creo no habrá gran dificultad. Pienso a veces que por una causa u otra, el dinero no vendrá. ¿Qué hacer? Ni siquiera plata para un telegrama. Es una situación no cómoda.

f. [17 v.]

Y para mejor, continúan

⁊ᴇ⌐ ⁊⌐⋎⌐⌐⌐ ᴧ

⌐ ⌐⌐ ⌐ ⌐ ⋎⌐⋎ .

[93] Verdad que todo en declinación. Mas no puedo casi andar en bicicleta, no voy a ningún lado porque no tengo cómo, solo siempre, una vida bestial que llevo hace días.

Me figuro por momentos que a Ambrosoni le ha pasado algo, está preso, enfermo, muerto, cualquiera

---

con sus episodios del Evangelio ambientados en nuestro siglo. Era francés, contra lo que puede hacer suponer la anotación ambigua de Quiroga. La opinión sobre los cuadros de Gustave Doré (1833-1883) es buen índice del juicio acertado del joven. Adviértase la impresión que causó en Quiroga la pintura de Béraud y vincúlesela con la narración "Jesucristo" que integra *Los arrecifes de coral* y que comienza: "Con el yaqué prendido hasta la barba", etc. (Véase obra citada, páginas 125-29.)

[92] D. Juan Ambrosoni era apoderado en el Salto de la madre de Quiroga, Da. Pastora Forteza.

[93] Véase la nota 39.

pequeñez que le impida escribirme. O sino, que la Junta ([me ha]) ha obligado al Sr. Alfonso al arreglo aquel, o que el Sr. Scanavino ha fruncido el seño.[94] En cualquiera de esos casos, hombre al agua. Una situación maravillosa por delante, de la cual / ni me supongo siquiera como saldré. Esperemos.

Mayo 22 — *Del Natural:* (con histeria)

> Su cabeza acompañaba
> El lento ritmo del vals.
> Una cabeza divina
> En cuya cara
> de hermosura
> Infantil y
> Maligna, relampagueaban
> Los vapores del champagne.[95]

En el salón; Aproximación de la tempestad en los Alpes delfinenses: Ch. Bertier — 1900 — Proclamación de Podiebrad: Brozik: 1898 — Praga Escuadra: H. Delanelle — Amarillo — Egipto: Corniller: 1899 —

Es imposible seguir apuntando por la gran / cantidad de obras maestras. Recuerdo una *La Falta,* de no sé que autor, sobre natural. Modernista.[96]

Es enorme el Salón, lo menos 20 galerías.

[94] D. Daniel Alfonso era procurador en el Salto. (En la sección Avisos de la *Revista del Salto,* puede verse el suyo.) D. Pascual Scanavino era propietario del Hotel Scanavino, de la misma ciudad.

[95] Este poema tampoco fue recogido en *Los arrecifes de coral.* (Véase la nota 88.)

[96] El primer cuadro que menciona Quiroga es de Charles Bertier (n. 1860). La tela de Wenceslao de Brozik (1852-1902), *Proclamation de Georges de Podiebrad comme roi de Bohème,* fue una de las más aplaudidas del Sa-

Mayo 24. Hoy hace un mes que llegué a París. En ese tiempo no he visto casi nada. Todos los militares (o casi todos) llevan condecoraciones. Aunque parece que aquí no se prodigan los ascensos y los sueldos, todos — a juzgar por las medallas — son héroes o dignísimos —

Comienzan a usarse los carruajes en que los cocheros van detrás.

El record de la hora en bicicleta es superior al de automóviles: 63 K, 333 mts de Bouhours, el Domingo pasado, 20 de Mayo.[97]

Son aquí muy galantes; se saca el sombrero al entrar, al salir, al preguntar a los / guardias civiles, etc. Lo cual no obsta para que haya gente insufrible.

f. [19]

Pero lo magnífico de París, son las *cocottes*. Elegantísimas, vestidas como nadie, lindas, todo lo bastante para divertirse con ellas. ¡Lástima de pobreza y patología!

Las mujeres suben corriendo a los tranways y ómnibus. Muestran las piernas hasta la rodilla. Cuando van en la imperial, y uno está en la vereda, suele vérseles más de [lo] preciso para una sub-congestión.

En la calle no se ve más que pueblo: obreros, empleados, agentes de negocios, paseantes, etc. Ni una dama — todas en carruaje — Ni un caballero — todos a caballo y en el Bois de Boulogne —

---

lón. Pierre-Emile Cornillier (n. 1863) se dedicaba a la pintura de temas exóticos. *La Faute* de Charles-Louis Moulin obtuvo medalla de segunda clase en el Salón. Era un tríptico sobre el tema del pecado original. No ha podido ser identificado el pintor que Quiroga llama Delnelle; quizá se trate de un error suyo.

[97] Véase la nota 69.

f. [19 v.] Sobre naturales los bulevares de noche. El reclamo actual consiste en la iluminación repentina y extinción idem de los diversos anuncios. Las intermitentes / cias de diferentes colores producen un raro efecto en el brillo veneciano de los bulevares —

—Mayo 26 — 10.35 p.m. — Este es uno de los pocos momentos buenos que he tenido. Acabo de escribir, y me ha satisfecho bastante lo compuesto. Es la *Medioeval*. No sé en realidad como se llamará.[98]

—Mayo 28 — Mañana iré a empeñar la [...........]. Creo me darán treinta o cuarenta francos. Luego revenderé el boleto por 30 francos, y así tendré sesenta, lo bastante para hacer un telegrama y comer 3 días. No tengo más [que] 70 céntimos en el bolsillo. Aun con todo, irá el jacquet a parar al mismo lugar. ¡Señor Ambrosoni!....

f. [20] /— En el Luxemburgo: unos trompos de forma especial que bailan a latigazos —
—Consulado Portugal: R. Berry 35 —

Mayo 29 — 4 p.m. He empeñado hoy la bicicleta en el Monte-Pío: 50 francos. Se necesitan mil requisitos: pasaporte, o carta de elector, recibos varios co-

---

[98] El título definitivo fue "Canción". Así aparece en *Los arrecifes de coral* (ed. citada, páginas 14-15), aunque sin la primera estrofa que dice:
"En el silencio del templo gótico
las almas flotan de los caídos;
sombra de nieve pone el misterio
sobre los cirios."
(Consúltese el texto completo en el cuaderno preparatorio de dicha obra, fojas 18-19; allí aparece fechado en París, mayo 1900.)

merciales, etc. Esto de la carta de elector es gracioso. Parece que en Francia todo el mundo quiere votar, y el que no lo hace, es indigno. Si uno responde que no vota ni votará jamás, abren tamaña boca. Lo menos que pensarán, es que no se es ciudadano.

Como yo no tenía tales papeles, me hice acompañar de mi casero. En el camino me decía: "No debía haberle pasado eso a Vd, aquí en París".

Es otra de las cosas que me hacen / gracia, salirse con *el deber*, cuando ya el hecho está consumado. f. [20 v.]

Hice el telegrama: 42,70 francos, a razón [de] 5,34 por palabra. El telegrama decía así: Pastora. Sierra 217, Montevideo. Giro telegráfico urgentísimo. Horacio.[99]

Cualquiera cree que son tres palabras. No señor: 8, pues se cuenta todo. Es un modo muy lindo de embromar. Total: me quedo con cinco francos, que aumentaré a 17, pasando por 12 francos el recibo de mi máquina. Cuando reciba dinero la recuperaré. Con los 17 francos comeré hasta el lunes, suponiendo, lo que es mucho suponer, que en ese tiempo no llegue ni carta de Ambrosoni ni contestación de Mamá.

A este propósito, no sé lo que le costará a mi madre la tal / respuesta. No será poco, por cierto. Pero f. [21] recordando que en ello va la casi vida de mi desafortunada persona, espero me contestará.

Yo digo: Madre me escribió el veinte de Abril. Si hubiera habido algún retraso o anormalidad en los al-

---

[99] El telegrama estaba dirigido a su madre, Da. Pastora, a quien Quiroga creía en casa de su yerno, D. César Morel. (Véase la nota 53.)

quileres, Ambrosoni lo habría hecho saber a Mamá y ésta me lo hubiera dicho. Luego, pues, tranquilidad, que el Sábado llegará la carta, o el Sábado siguiente. ¿Y si la cuestión Junta se ha llevado a cabo?...

Esta mañana no almorcé, porque no tenía con qué. Sin embargo, tenía mucha hambre.

Y a pesar de todo, estos son los días más inspirados que he tenido. Héteme escribiendo amenudo. Y creo que no con mal resultado. En carta que / escribo a Brígnole, le cuento muchas cosas que en días pasados sentí enormemente, pero hoy casi se me han ido. Me queda — y creo por toda la vida — la desconfianza de mí mismo. No porque no pueda escribir cosas que me agraden, sino porque creo que lo que me gusta no gustó a los demás, y aun más, porque los versos no tienen más valor que la música y una que otra variedad de estilo.

—Quelle différence y a t'il entre un thème et la version?

—L'elève: L'un est l'opposé de L'autre.

—Comment cela?

—Quand je dis à ma mére: "Je t'aime", c'est bien l'opposé de la adversion —[100]

f. [22]   /En el Jardín de Plantas — Miércoles 30 de Mayo — Estuve ya en él días pasados. El terreno, muy ondulado y lleno de plantas, quita mucha vista a la sección zoológica. Son notables ciertos parques de animales, con casillas, jaulas o cuevas artificiales adaptadas a ca-

---

[100] Este juego de palabras, bastante pueril, parece haber Interesado lo suficiente a Quiroga como para registrarlo aquí. (Véase la nota 24.)

da animal. He visto un mono muy gracioso. Enojado con un compañero ([porq]) por no sé que diablura que le hizo, le pegaba en los carrillos, retirándose a cada golpe y observando el efecto. Dos osos negros de Estados Unidos llevaban a cabo una hazaña increíble en esos animales. Pero lo que más me llamó la atención, es un sistema de irrigación muy productivo. En lugar de llevar la manga a todos lados, para mojar un cierto circuito, se aplica a la extremidad de aquella un molinete hidráulico en / regadera, y ya está todo hecho. f. [22 v.]

Al lado Oeste del J.[ardín] de P.[lantas] queda el puente de Austerli[t]z. Lo miré con mucha atención, buscando los despoblados del año 23. Pero en tanto tiempo, no se reconocerá el lugar de la célebre persecución.

—Estrofa escrita al pie de una estampa ([mística]) religiosa en el Quai Saint Bernard:
"O tu que sobre la tierra [h]as sabido hacer
Penitencia amado Dios tu prógimo practicado
La virtud conservais la fé viva y la dulce
Esperanza, tu andes justar en el cielo la felicidad
 que a tu es de[bida"[101]

—.—

1º de Junio. Llevé la bicicleta al Monte-Pío: 50 francos. Hice el telegrama: 42.75. Vendí por dos meses el boleto / de la máquina, en 12 francos, y con ello f. [23] he venido comiendo escasamente, a razón de 2 francos diarios. Me quedan 9: si el Lunes — a más tardar

---

[101] Ni la transcripción ni la traducción merecen elogio. Sería interesante saber por qué Quiroga se resolvió a copiar la estrofa.

— no llega carta o contestación por telégrafo, otro desagrado. Al otro día de hacer el despacho, contestan de Montevideo: "el destinatario ha partido".

Fui ayer a ver al Cónsul, y le dije la urgente necesidad que había de enviar a Montevideo una orden de que llevaran el despacho nº tal, a B.[uenos] A.[ires] Billing[h]urst 1720 — Me contestó que vería al Ministro............ — Creo no harán nada.[102]

f. [23 v.] —1º de Junio — 7.5 p.m. — Anoche, como otras veces ya ha pasado, soñé con Esther, un dulce sueño en que la veía como antes, cuando la quería / mucho.[103] Sueños como esos me causan mal efecto, porque me dejan muy melancólico, lleno de un encanto lejano. ¡Cómo la amaba, sin embargo! Y aún creo que si la llego a ver, e instintivamente en nuestras (*miradas*) conocemos que los dos queremos volver al pasado, será la cosa más natural que vuelva a adorarla como nunca lo ha sido, a pesar de las perturbaciones que han sufrido mis puntos de mira afectivos. Porque yo estoy convencido de que — en mí — el amor es solo uno, prolongado a través de los olvi-

---

[102] Quiroga deseaba que el telegrama enviado a su madre (véase la nota 99) fuera retrasmitido a Buenos Aires, a casa de su otro yerno D. Eduardo D. Forteza, donde se hallaría probablemente la primera. (Véase la nota 47.)

[103] Se refiere seguramente a María Esther, joven con la que se relacionó en el carnaval salteño de 1898. (Véase Delgado y Brignole, obra citada, páginas 79-86.) Las alternativas de este amor apasionado e imposible, y las crueles derivaciones que tuvo años más tarde, facilitaron a Quiroga el tema de dos de sus obras: "Una estación de amor", nouvelle recogida en *Cuentos de amor de locura y de muerte* (1917) y "Las sacrificadas", cuento escénico (1920). En el Apéndice documental se reproduce una página, de 1896, en la que Quiroga cuenta un incidente montevideano: Esther pasa a su lado sin saludarlo. Anota entonces: "Yo no estoy enamorado de Esther, sino de su recuerdo". (Véase Apéndice documental, A) Composiciones juveniles, Nº 3: "¡Es natural!")

dos y de las fisionomías. Después de querer a la que quiero, querré a cien más, como si vuelvo a ver a las que he querido, las vuelvo a amar de nuevo. —

/Junio 2 — 4.45 p.m. Estuve a las dos p. m. en el Consulado. Parece que Ciganda había perdido el telegrama y nueva dirección. Mientras se buscaban, me dijo que Castromán le había dicho que lo único posible de hacer era que yo enviara otro telegrama. Como respondiera que me era imposible y, por tanto, inútil buscar el despacho, me pidió la dirección: "yo lo haré", me dijo. Le agradezco — le contesté — pero no vale la pena. Entonces comenzó a decir infinidad de groserías, a las cuales contesté reposadamente. Me despedí, acto continuo, y aquí estoy, sin carta de Ambrosoni, sin nada. Me queda la esperanza — muy vaga — de que César escriba enseguida a mamá diciéndole que hay un telegrama para ella, que Mamá conteste pidiéndolo, y se entere de la cosa.[104]

/Junio 2 — 9 p.m. — ¡Qué angustia tan grande! Hay momentos en que casi lloro. ¡Y en París, pasarme eso, sin tener una sola persona a quien dirigirme! Cada día que pasa, en lugar de tener más esperanzas, es más oscuro. Ya no creo que venga la carta. No espero nada. Y, después, esa suerte fatal que me hace inutilizar un telegrama, 43 francos con los que hubiera po-

[104] Véanse las notas 99 y 102. El Dr. Evaristo G. Ciganda era Cónsul general del Uruguay en París, fue nombrado el 30 de enero de 1900 por el gobierno de Juan Lindolfo Cuestas, según consta en el libro decretero del Ministerio de Relaciones Exteriores. D. Marcelino Castromán era comisionista, según ha comunicado el Arqto. Jacobo Vázquez Varela. (Véase la nota 109.)

dido esperar 22 días!. Tendré forzosamente que hacer otro. Mas ¿con qué. Entre el jacquet, máquina fotográfica y anteojos, supongo que escasamente me darán 50 francos. Si estuviera seguro de que Mamá me enviaría enseguida el dinero, todavía habría esperanza. Pero hasta de eso temo, aun cuando Mamá se supondrá que es cuestión de casi vida o muerte, o poco menos.

f. [25]   ¡Oh madre, si supieras lo que estoy / pasando! ¡Y si por capricho o imposibilidad llegaras a desdeñar lo pedido! Daría dos años de mi vida por que estas palabras, estas angustias llegarán hasta allá. Si salgo de este atolladero, y algún día, ahí en mi tierra, vuelvo a leer estas líneas, creo que aun conservaré la depresión de estos momentos. Ni un amigo que me pudiera ayudar, nada!

¿Con qué viviré ¡Dios Santo! cuando se me concluyan los últimos francos?

¡Quién se iba a suponer que la carta no llegara, y, después, el telegrama — suprema esperanza — quedara sin objeto? Y, luego, la poca, ninguna previsión de César. ¿Qué le costaba abrir el telegrama y mandarlo a mamá?. A esta hora yo estaría tranquilo, seguro de que iba a comer por un tiempo, *a comer* Esta palabra, tan

f. [25 v.]   sencilla y risueña cuan- / do es sólo un detalle, es terrible cuando se torna único pensamiento, única acción. ¡Pensar todo el día, a todas horas, sufriendo constantemente: ¿por qué? ¿Por ([que]) amor, neurastenia? No, porque nos va a faltar qué comer.

No es vida la que estoy pasando hace ([4])5 días, ni la que pasaré por 10 días más. Si es que esto se resuelve de alguna manera, pues no veo cómo. ¡Ah! ¡si algún día llego a leer este escrito en esa¡ ¡Con qué felicidad lo haré, aun después de estar seguro de mi vida! Y una de las cosas que más me deshacen, es estar en este hotel, debiendo el mes corrido y el que va pasando. No me dicen nada; pero, ya sea falta de costumbre, ya vergüenza congenital, sufro enormemente porque veo que a los dueños les disgusta esta / situación ¡No tener mil francos para tirárselos por la cara!

Pero lo supremo es: ¿y si Mamá no contesta?. Yo quisiera decirle en el telegrama: *"Me muero de hambre. Mándeme enseguida dinero"*. Sí, esto le diría para enternecerla, y hacerle ver que no es broma el telegrama. Pero no puedo, porque no me alcanza el dinero. Y por eso, por la falta de precisión en el texto, talvez se haga la desentendida, ignorando que lloro casi al hacer el telegrama.[105]

Junio 3 — 11 a.m — Acabo de levantarme. Hasta ahora he conseguido dormir bien. Me despierto varias veces a la noche, y, sueñe lo que sueñe, enseguida se me aparece la situación esta.

/¡Ah, amigo Brígnole! ¡Depresiones nerviosas y musculares que nos hacen buscar con ansia la recta incomprendida de nuestro Destino! ¡Qué poco es todo eso, cuando lo que se examina no es el porvenir, sino el momento, cuando se cambiara la Gloria por la seguridad de comer tres días seguidos! Esto es lo que me pasa, porque entre todo lo que tengo — empeñándolo — apenas tendré con que vivir 20 días, y, en

---

[105] En el cuaderno preparatorio de *Los arrecifes de coral* se transcribe un poema fechado este mismo día. Es el que al ser impreso recibió el título "Lemerre, Vanier y Ca". (Véase obra citada, páginas 79-80.)

ese intervalo, no espero nada, ni carta, ni telegrama, ni nada. Es tal la seguridad que tengo de que en mis asuntos ha pasado algo, que eso hace más angustioso el nudo que constantemente tengo en la garganta.

¡Tantos — Vds mismos — dirán, pensando en mí: *"Feliz de él que se divierte"* Yo entre tanto digo: ¡Madre, no tengo qué / comer!

¡Pobre madre! A veces me alegro de que ella no sepa lo que paso.

Pero, no hay duda, llegará un momento en que tendré hambre y no podré comprar un pan. Esto llegará. ¿A quien pedir? — Aranguren, no quiero. Fleurquin, tampoco. Sienra, tampoco. Me queda sólo Escalante, a quien iré a ver cuando ya no pueda más. Y aun este mismo, creo que piensa volver a principios de Junio. ¡Oh brillante porvenir de literatura, perdido porque faltó un día qué comer![106]

Bajaré a almorzar, ([y]) e iré luego — creo al Jardín de Plantas. Allí me distraigo un poco, aunque me hace un poco de mal ver la tranquila vida de esos animales a quienes nunca falta / la ración —

Como hoy es Domingo, las campanas están tocando. Como el pito de los vapores, tienen algo de humano, de voz desmesurada. ¡Cómo me recuerdan otros momentos! —

---

[106] De los uruguayos mencionados aquí, el primero es el Dr. Juan Aranguren, discípulo del Dr. Américo Ricaldoni, según ha comunicado su sobrino, el Dr. Héctor Roselló; el segundo es el Dr. Juan Fleurquin, según informa el Arqto. Jacobo Vázquez Varela. D. Adolfo Sienra era secretario de la Legación del Uruguay en París, según consta en el Informe expedido por la Cancillería. (Véase el expediente Nº 201 del Instituto.) Para Escalante, véase la nota 60.

Lunes — Junio 4 — Aun tenía una débil esperanza de que hoy llegara la carta. Tampoco vino. Hasta el Sábado. ahora. Por más de que en el interior, esté casi convencido de que no vendrá, voy siempre al Consulado, impulsado por la fe inconsciente que ([,]) aun los individuos más azotados por la fatalidad, tienen en su pobre estrella. Así me pasa a mí. La estadía en París ha sido una sucesión de desastres inesperados, una implacable restricción de todo lo que se va a coger.

He escrito a Mamá, y como siempre que acabo de dejar la pluma, me siento / más aliviado. Contar lo que se sufre, es una manera de desahogarse; y ([en]) muchos individuos atormentados por el mutismo y el interno sufrimiento, mueren y ([adel]) enferman y adelgazan por auto-intoxicación. Le cuento en esa carta lo que paso, y creo me oirá.

f. [28]

Dejaré París. Es demasiado pensar y destrozarse el cerebro, sin la compensación de los sentidos. Cuando los objetos — amor, hermosura o frío — son los causantes del tormento, se establece una especie de compensación; pero cuando uno se deprime y el cerebro se pone doloroso, sin que la vista o el tacto palpen una causa cualquiera de martirio, es demasiada pena.

Hace un día espléndido y caluroso. Me recuerda las santas cabalgatas que hacíamos en Palma Sola, [107] y una especie de sollozo me ilumina la mirada.

/¡Oh visión lejana de lo que se quiere y se pre-

f. [28 v.]

[107] Nombre de una estancia en Artigas, en la que Quiroga, Brignole y Jaureche pasaron una larga temporada, solos, llevando una vida casi salvaje, y bañándose en la laguna de Palma Sola, a la que se alude en la foja 35 v. de esta misma libreta.

siente no se ha de ver más! ¡Nostalgia adorada! Algo así deben de sentir los pequeños astros que se han desprendido de una cariñosa fuente de calor, y van girando, girando en el enorme espacio, sin encontrar jamás el planeta-madre.

8 ½ p.m. — Me voy a acostar. ¿Qué hacer?. Como todo el día camino, estoy cansado. Pero no con sueño. Recién ([anoc]) es de noche. ¡Acostarme a las 8 ½, en París, en la Exposición ¡Se necesita la poca suerte mía para que eso pase.

Le dije a Fleurquin si quería acompañarme mañana al Monte-Pío. Me dijo que no podía, etc. Casi evasivas. Bien comprende él la situación en que me hallo. Mañana le diré al dueño que lo haga. Esta es una de las cosas que me hace sufrir más. ¿Qué dirá? /¿Y si no quiere?. Empiezo a creer firmemente que moriré de hambre. ¿Cómo trabajar aquí? De todos modos, mañana de noche iré a ver a Gómez Carrillo. Puede ser que en lo de Garnier me ocuparan, aunque fuera corrigiendo pruebas. [108] Pero no lo espero, ni comprendo, ni sospecho como podré vivir. Es algo terrible —

Martes 5. Heme levantado a las 9 a.m. No puedo dormir más, aunque bien quisiera poder hacerlo hasta la noche. Es un suplicio enorme pasar el día, del

---

[108] La casa editora Garnier publicaba libros en castellano; muchos escritores hispanoamericanos estaban empleados en ella como correctores de pruebas o como traductores. Esta indicación de Quiroga, además de testimoniar su vinculación con Gómez Carrillo, parece confirmar la identificación del Machado mencionado el 16 de mayo con el poeta Manuel Machado, que entonces era traductor de la editorial. (Véase la nota 90.)

que solo puede dar cuenta este detalle: estar a cada momento con el reloj en la mano, no esperando una cita, sino agonizando lentamente porque las horas no pasan. Y en estos días tan largos: (ceno a las 8), ¿qué hago ([duara]) durante estas 11 horas?

/Anoche, como dije, me acosté a las 8 ½: me dormí recién a las 10 ½. f. [29 v.]

Luego, me obsedía horriblemente la idea de que el dueño del hotel se va a rehusar a acompañarme al Monte-Pío. Si este presentimiento se realiza, ignoro que haré —

—12. ¼ a.m. — Cuando esta mañana bajaba, me dijo el Cuñado que fuera al hotel a las 12 ½, porque Fleurquin tenía que hablarme. ¿Qué me querrá. Acabo de comer un pedazo de carne (por 3 céntimos no dan mucho) y resto[s] [?] de queso. Dentro de un momento iré.

Tres cosas: o me quiere acompañar al Monte-Pío; o me quiere prestar dinero, o el dueño de[l] hotel le ha dicho que no quiere tenerme más. Presiento lo segundo. Aun lo tercero, pero sería demasiado terrible.

—4 p.m. — En efecto fue lo segundo.
Vino al hotel a la 1.10 p.m.
—¿Qué tal?
/—Bien. f. [30]
—¿No arregló nada?
—Nada.
—¿Qué va a ser entonces?
—No sé. Morirme de hambre.
—Bueno —dijo— y agregó al poco rato: Entre unos cuantos amigos le daremos para que coma

unos cuantos a   .o que debía hacer era irse enseguida.

—Pero ¿cómo?

—Yo iré a ver al Cónsul y le sacaré pasaje para Marsella. ¿Vd tiene el de retorno en vapor, no?

—Sí; pero como pago el hotel!

—Le deja dicho a Ciganda que cuando llegue el dinero entregue aquí lo que debe y le envíe el resto.

No me agradaba la cosa.

—No — le contesté. Es imposible. Esperaré a que llegue la carta, y entonces me iré. Por otro lado, le agradezco su ofrecimiento. Me cuesta algo; pero tengo que comer.

—Claro — dijo —; todos los días le podríamos dar cada uno dos francos. Yo creo que alcanza para comer. Lo hacemos como con un compañero que está en desgracia... Le agradecí de nuevo. Me dio dos francos. Sentí que me ([había]) ponía colorado, y con ganas de tirar a la calle la moneda. ¡La falta de costumbre!... Pero me contuve y me marché, apresuradamente, queriendo alejarme de una vez. No pensaba más que esto: ¡me han dado una limosna! ¡y me la darán todos los días! ¡y tendré que recibirla!

A Vds, mis amigos, que leerán todas estas líneas, les deseo que nunca pasen por lo que estoy pasando yo. Es algo como si todo el pasado de uno se humillara, y (*en*) todo el porvenir tuviéramos que vivir del mismo modo.

Si el Sábado recibo el dinero, me marcho acto continuo. Si es el Sábado que viene, lo mismo. Bien me sé que luego tendré un poco de remordimiento de no haber conocido bien a París. Pero cuando recuerde que tuve que estirar la mano — todo lleno de vergüenza y rabia — para que me dieran de limosna 2 francos, creo que no echaré nada de menos. Temperamento, educación, lo que sea. Pero me mata. Estaría todo el día cargando bolsas para ganar dos francos; si pudiera hacerlo, si encontrara donde, iría corriendo.

—Se me ocurre esto: No es vergüenza no tener plata. ¿Por qué?. Porque no es vergüenza trabajar. ¿Para que se trabaja? Para tener plata. Luego el que trabaja es porque no la tiene y quiere tenerla.

Me recuerda esto una andanada de silo- / gismos que, allá en Palma Sola, se me ocurrían…. f. [31 v.]

5 ½ p.m. — En el Luxemburgo. Suelo venir todas las tardes a este jardín. Como queda a los fondos del hotel, y talvez por una simpatía que me ha hecho tenerle V.[ictor] H.[ugo], paso las horas perdidas mirando el lago, las palmeras, la gente, pero aburriéndome enormemente. Hoy a las 2 p m estuve en el Louvre; creo que por última vez.

11 p.m. — Vengo del Café Cyrano, donde fui esta noche para ver si encontraba a los muchachos y pedirles empleo; no los encontré.

He pasado unas buenas horas. El alivio de esta mañana me ha quitado diez años de vida dolorosa.

Me pasa al subir a mi cuarto un incidente que se repite a menudo. Cojo la vela y subo cinco pisos. Cuando estoy encima me acuerdo de que me he olvidado de la llave. Son 200 / escalones que pesan algo. f. [32]

Miércoles 6 — 10 ½ a m — Me levanto. Todos estos días pasados ha hecho calor. Calor de canícula, dicen acá, que ha producido más de una insolación (+ 28°!)

Bastante tranquilo. Pero no tengo con qué comer, y espero que cuando baje me den algo. Iré esta tarde a la Exposición. No tanto por verla, como por pasar de una vez la tarde que me mata. Esto parecerá increíble, pero es verdad.

11 1/4. En el Luxemburgo. Vengo todas las mañanas. Hace un día espléndido. El jardín precioso. Me siento inspirado; pero no puedo escribir nada. Si trazo un renglón y busco una rima, en el interior estoy buscando qué comer. No tengo dinero. Iré a las doce y media al hotel a ver si está Fleurquin — Si yo estuviera en este día, allí, con Vds, que feliz sería! Y hasta creo que haría algo notable.

f. [32 v.] /5-10 p.m. Hace cuatro horas que estoy en la Exposición. Escribo al pie de la torre de Eiffel, sintiendo bastante no poder subir. Estoy cansadísimo.

Me ha entrado otra vez la desesperación. Eso de ir todos los días a esperar a una persona casi desconocida para que le den 2 francos, aseguro que me deshace. Hoy me dijo Fleurquin:

—¿Vd. lo que debía hacer era irse.

— Ya le dije de [que] no puedo. Tengo que comer en el viaje a Génova, esperar acaso dos días allá, y todo esto necesita dinero. Después de todo, si les es gravoso a Vds darme esa cantidad, dígamelo con franqueza.

— No ¡qué esperanza!…

— Le ruego que espere hasta el Sábado que espero recibir carta.

— ¿Cuándo es Sábado?

— De aquí a tres días.

/— Sí, como no!. Ocho o diez días también. Hasta que reciba el dinero y se vaya.

Paréceme que les duele perder 2 francos cada cuatro días (supongo serán Fleurquin, Aranguren, Vázquez Varela y Peluffo) [109]

—Luego, continuó, los dueños de casa no están contentos....

—¡Por lo menos pueden estar seguros de que les voy a pagar!. ¡Cómo puedo irme sin dolo!

Y así es que — como dudo mucho venga la carta el Sábado, tendré que pedir diez días más que me den de comer. ¿Y si aun no llega el otro Sábado? ¿Y ni el otro? ¿Y ni el otro?

Ah! este mes de angustias no me lo harán olvidar ni aun los años más felices que pueda tener.

¡Y cuando recuerdo que hay desgracias *cien* veces peores, situaciones cien veces más vergonzantes!

/A mí me parece que esto es lo peor. Sin embargo, soportaría los otros. ¡Parece mentira!

6.35 p.m. Aun aquí mismo, sentado en un banco de la Exposición, me estoy aburriendo! No puedo estar un cuarto de hora que me parece un siglo. Quisiera dormirme por un mes y despertar en esa. Daría no sé qué por ello.

En otras épocas, gozaba pasando las horas perdidas en la Plaza Independencia. No me aburría. ¡Pero era allá, en ese encanto!

Seguramente llegaré a Montevideo con debilidad

[109] Para los dos primeros uruguayos aquí mencionados, véase la nota 106. Los otros dos son el Ingeniero Leopoldo Peluffo y el Arquitecto Jacobo Vázquez Varela, quien ha tenido la gentileza de comunicarnos la identidad de casi todos los integrantes del grupo de compatriotas.

cerebral. Todo el día ([,]) pensando, angustiado constantemente, dando cien vueltas a todas las probabilidades. ¡Esto no es vivir!. Dije en la otra libreta que el viaje de venida fue la época más infeliz de mi vida. De estos quince días que llevo así, sé decir que no tienen comparación con ninguna otra etapa, y ([toda]) los ([vida]) los recordaré, siempre que se pase vergüenza / e infelicidad. ¡Tener que tragar de ese modo la baba y el desprecio! Tener que aceptar lo que me dan de mala gana — estoy seguro —, y enrojecer y dar las gracias y salir ligero para no insultar y llorar!. Me queda el consuelo — pobre —, de que si algún día veo a Fleurquin en Montevideo, le explicaré lo que pasé con aquello de: "sí, nosotros le daremos por 8 o diez días".... ¡nada más que diez días, sabiendo como estaba yo, que tenía hambre! — Yo no sé como son los otros; pero en un caso igual al de Fleurquin, diría: "la daremos no diez días, sino un año". Y aun daría más — Diez días les costaría 2.50 francos a cada uno. Les parece un crimen gastar 5, ([cada uno,]) e impedir que un compatriota — "en desgracia" — como dijo él, se muera literalmente de hambre.

f. [34 v.] Talvez si no llega el Sábado la carta, me / decida a irme no por mí, sino por él, por sus queridos francos que gasta. No sé como pagaría carruaje, changadores, etc. Pero vería de algún modo.

Jueves 7 — Anoche — de 9 a 11 — lo pasé mejor, gracias al pensamiento de que si no venía carta el Sábado, pediría pasaje oficial y ([f]) veinte francos a los muchachos, y me embarcaría el lunes o martes. Subí a mi cuarto y miré un itinerario de La Veloce. No sale vapor hasta el 22. ¡Esto es suerte! Nada, nunca me ha ido tan mal como en este viaje. Primero, la carta que no llega, ya cosa de por sí desafortunada. Después, telegrama que no puede ir a su destino. Sin contar los contratiempos que, como el que he indicado, parecen hacer todo lo posible para que sufra más. De todos modos hoy escribo a *La Veloce,* preguntando / vapores, fechas, etc. Pudiera ser que hubieran cambiado ([itinerario]) de días: pero no lo espero, porque soy yo el que me intereso.

Cuando, día a día, uno se va convenciendo de que la mala suerte no lo deja un momento, que está siempre pronta a retirar lo que se va a alcanzar, se adquiere tal pesimismo, tal desconfianza de su estrella, que aun lo más sencillo de obtener hace fruncir el entrecejo, presagiando ya la imposibilidad. Así me pasa a mí, que no frunzo el entrecejo, porque no tengo costumbre, pero que en cambio martirizo el cerebro sin descanso, y el cerebro me martiriza a mí.

3 — 5 p.m. — Estoy en el Quai Malaquais, frente al Pont des Arts, al lado del Instituto de Francia, guareciéndome de la lluvia que ha comenzado a caer. Recorro los puestos / de libros que bord[e]an el Sena. ¡Cómo siento no tener siquiera un franco! ¡Compraría diez libros — De los dos francos que me da Fleurquin, ahorro siempre 50 céntimos para cigarros y un libro por día. Acabo de comprar *"Tête et jambes",* con 2 pesos se puede comprar una biblioteca. Será lo único que sienta verdaderamente cuando vuelva. [110]

f. [35]

f. [35 v.]

---

[110] Esta anotación permite comprobar que Quiroga no vacilaba en sacrificar su apetito a la necesidad de lectura.

6 — 10 — Estoy en el Jardín de Nôtre-Dame. Lo paso regular, habiendo acabado de comer un vintén de pan y leyendo mi libro. Logro sustraerme por ratos con la lectura. Pero un recuerdo, cualquiera de allí, el Uruguay, un vals que tocaba la Orquesta del Liceo Slava, la laguna de Palma Sola, me ponen en un estado de dolorosa *revêrie*, como si nunca más volviera a ver eso. [111] Al solo pensamiento de que eso no está perdido para mí, un profundo suspiro / me desahoga. ¡Cómo gozo entonces! Yo quiero toda la tierra en que he vivido, mis árboles, mis soles, mi lengua. No la patria, porque eso es una entidad, y si yo— hubiera nacido en Alemania, extrañaría la Alemania. Pero todo diferente como es esto, solo, solo, no conversando con nadie, nadie que me consuele, es horrible. No soy un solitario; todo lo opuesto. Ahora comprendo a mi pobre madre que en casa, en el Salto, todo el día solita en los cuartos helados, paseaba amargamente su tristeza. ¡Oh mi América bendita, donde todo es grandeza y hospitalidad! ¡Cómo te adoro en París! Creo que si de un golpe me transportara a esa, lloraría, sí, lloraría abriendo los brazos a mi Madre, a mis amigos, a las tardes y a las noches. Pero todo concluirá. Aunque cuando llegue allí, sentiré

f. [36]

---

[111] El Liceo Eslava había sido constituido en el Salto "para el fomento de la música entre la mujer, colaborando, de paso, al éxito de fiestas sociales en que tan delicado arte tiene eminente participación" según declara inmejorablemente un cronista de la época. Había sido fundado el 30 de octubre de 1899, y era su director artístico el profesor y compositor D. Mariano Diez y Plaza. La orquesta, totalmente femenina, estaba integrada por los siguientes instrumentos: piano, arpa, violines, guitarras y mandolinos. (Véase la crónica de Kin en *Rojo y Blanco*, año II, N° 1, Montevideo, enero 19, 1901, págs. 13-14.)

mucho menos por haber satisfecho / parte de mi an-   f. [36 v.]
sia en la desaparición de esta vida, y en la progresión
creciente del viaje que cada vez me acercará más, y,
por lo tanto, me hará perder la emoción de la brusca
traslación, aun entonces, digo, tendré horror del recuerdo de París, y estaré donde está lo que quiero —
10 ¼ p.m. Mirando unas proyecciones cinemato-
gráficas, oigo tocar ([al lado]) a mis espaldas — Petit
Casino — Boulevard des Italiens — una de esas mar-
chas antiquísimas de los Siamo Diversi, de que con
Pepe solíamos reírnos — [112]

Viernes 8. Me dijo Fleurquin cuando me entregó
hoy las dos monedas a la 1 ¼: Aquí va ([1]) mal. La
señora y el hermano consienten en esperar hasta el

---

[112] *Siamo Diversi* era una institución social de la ciudad del Salto que agrupaba a la clase media, pequeños comerciantes y menestrales. Tenía una banda de música y organizaba conciertos al aire libre. (Véase Delgado y Brignole, obra citada, página 47.) El director estable de la banda era entonces el Maestro César Sesso. Adviértase que Quiroga menciona incidentalmente su asistencia a un espectáculo de cine, que sin duda, sería bastante primitivo ya que recién se iniciaba por esos años su explotación comercial. Entonces los filmes alternaban con *cafés-concerts* con números de variedades. (Véase Georges Sadoul: *Histoire générale du Cinéma*, tomo II, Les pionniers du Cinéma, 1897-1909, París, Denoël, 1947, págs. 130-142.) Quiroga llegó a ser un gran aficionado y, más tarde, uno de los primeros críticos cinematográficos de Buenos Aires. (Véase Delgado y Brignole, obra citada, página 281-290.) En su obra literaria aparece documentada reiteradas veces esta afición. Hasta llegó a esbozar una adaptación cinematográfica de *La gallina degollada*. También escribió un argumento original, *La Jangada*, de ambiente misionero y basado en el problema social de los mensús que recoge algunos de sus más conocidos cuentos. En su Archivo se custodian estos valiosos originales donados por su hijo, D. Darío Quiroga, quien pronunció sobre el tema una conferencia titulada: "Aspectos poco conocidos de la vida de Horacio Quiroga", en el paraninfo de la Universidad de Montevideo el 18 de enero de 1949. (Véase Emir Rodríguez Monegal: "Del Archivo José Enrique Rodó al de Horacio Quiroga", en *Marcha*, año XI, Nº 468. Montevideo, enero 21, 1949, págs. 13-15.)

22; pero el Cuñado no quiere. Dice que esperará solamente hasta el Lunes o Martes entrante.

f. [37] /Me dio vuelta la cabeza

— ¡Pero qué hacer en ese caso!
— Yo creo que esperará hasta que Vd se vaya.

Mucho me temo. Cuando nos dicen: "yo creo que esperará o querrá tal cosa", es porque se duda mucho de la persona. No sé lo que me dirá Fleurquin en el caso de que me echen. Tendría, como único recurso, que ir a ver a Sienra y decirle: No tengo donde dormir. Permítame dejar aquí mi balija por una semana y dormir arriba de una silla. ¿Consentirá? Otra cuestión: no me obligarán en el hotel a que deje aquí mi equipaje? En tal caso, sería cuestión [?] horrible.

Mañana iré al Consulado. Es día de cartas. Estoy sin embargo tan desilusionado de todo, que no la espero, y solo pienso en la posibilidad de lo que haré

f. [37 v.] hasta el 20. — Cuando creía estar algo tranquilo / por el porvenir de esos 12 días, he aquí que todo queda deshecho. Lo cual prueba lo desastroso de mi situación. Y en la suposición de que me hagan salir y Sienra me dé hospedaje, ¿consentirá el Cónsul en darme pasaje? ¿Consentirán Fleurquin y los demás en prestarme 20 francos ([para]) el día que me vaya? ¿Con qué me mudaré el mes que aún falta para llegar a esa? No tengo más ropa limpia. La que llevo puesta está a la miseria. Y después, todo perdido, jacquet, camisas, medias, frac. ¡Santo cielo!. ¡Madre que no te supones lo que paso! — Si llegara la carta mañana, sería feliz. Pero no llegará.

Ayer escribí a la Agencia *La Veloce*, preguntando días y vapores a salir en Junio. Según un papel que la Compañía, debe de partir un buque el 22; que / el *Cittá di Torino*. Ahora bien: ¿si me contan que el 22 parte, y, al llegar yo a Génova, resulta que no ha llegado aún el vapor? ¿Con qué vivo los días de espera? Allí no conozco a nadie ni nada. Por todos lados — no contratiempos — pero si cosas que [son] fatales, terribles de solucionar en el caso mío. La más insignificante demora o apresuramiento, es para mí cuestión de casi vida o muerte.

¡No poder estar en esa!. ¡Cómo lloraría de contento! Sólo una cosa pido: que si todo esto llega a pasar — no sé como —, y leo estas líneas escritas casi sollozando, me quitarán para siempre los deseos de separarme de mis compañeros y mi país. No tengo fibra de bohemio; porque tengo mucha vergüenza; y, dígase lo que se diga, para llevar esa vida se necesita no hacer caso de insultos y sonreír de alegría cuando le tiran / una moneda. Con algún amigo, si. Entonces soportaría cualquier existencia. Pero solo, aquí, es horrible ([de]) solo suponerlo, y mucho más de sobrellevarlo.

¡Ah! seguramente que los días del 19 al 4 han sido amarguísimos; lo que pasé hasta hoy no tanto. Pero si mañana no llega el dinero, y me echan, y pierdo mi ropa, todo lo que tengo, y tengo que comer y dormir de limosna, creo que serán más desesperantes aún. ¡12 días que tendré que pasar sufriendo lo indecible, aburrido a más no poder, con un año en cada día, con todo el *mal del país* que se puede tener!

¿Es esto acaso vida? Yo he sufrido algunas veces; por amor, por pesimismo, aun por dinero; ¿mas es posible comparar las depresiones, por abrumadoras que sean; la falta de dinero, por más diversiones que nos impida; el / amor, por más que nos olviden, con esta existencia sin dinero, sin amor, sin depresión, sufriendo sin medida, sin un momento de sonrisa, avergonzado de entrar al hotel, de tener que esperar todos los días a que me den de comer, como un pobre diablo que viene a las mismas horas a situarse en un paraje, por donde sabe pasará un caritativo cualquiera?

Sobre todo, no ([aborc]) abochornarse de uno mismo. Todo se puede soportar, siempre que se pueda entrar y salir con la cabeza alta. Y este pensamiento de última hora — perder mi ropa — me desalienta enormemente. Mañana le preguntaré a Fleurquin si será así.

6 — 30 p.m. — En el Cementerio *Mont Parnasse*. *No* vale nada. Gran acumulamiento de tumbas, todas grises y sucias — viejas.

La idea que me ha venido de pronto: ¡dentro / de 12 días estaré en viaje para esa!, me ha hecho dar un salto de alegría. Enseguida me he entristecido; pero dulcemente, hasta que de aquí a un rato comience a sufrir hondamente —

Sábado 9 — 11 + 45 a.m. — ¡Llegó por fin el día! ¡Esa carta, por la que me desvelo día y noche! Hace un mes, yo escribí repitiendo muchas veces en dos o tres cartas, esta frase: ¡Una carta! ¡sólo eso pido! Parecía un presentimiento. Hoy digo lo mismo: ¡Una carta!; pero el tono y el calor es diferente. Es que el presentimiento se ha convertido en presagio.

No vendrá, y me echarán y se hará lo que sea.

¡Si llegara!….

Estoy en el Luxemburgo, con una mañana cálida y fresca. Fui a almorzar, y después veré a Fleurquin.

5 + 10 p.m. — Hoy tuve una media hora de verdadera alegría. Llegó Fleurquin a las 2.20 p m. y me dijo:

/— ¿ — Qué tal?

—Bien. Dígame: en caso de que hoy no reciba dinero, ¿Vd cree con seguridad que el Cónsul me dará pasaje?

Estaba en espinas con esta cuestión.

—Tiene la obligación, me contestó.

—Pero no se olvide de que tengo que llevar el equipaje y me costó 25 francos de Génova a aquí.

Esto yo lo decía sencillamente, pero temiendo y esperando que me replicara: "no podrá llevar el equipaje".

Por gran felicidad, me contestó:

—Sí, me acordaré. ¿Qué tiene Vd? Una balijita?

—Sí, y un baúl.

—Grande?

—No, así. Y señalaba el tamaño aproximado.

Quedó pensando un rato.

—Bueno. — Uno de los días de la próxima semana iré a hablar a Ciganda, y arreglaremos todo.

Como no me dijera nada del cuarto, le saludé / y salí contento. Me consoló mucho esa conversación. Eso es lo que uno quiere cuando sufre: que le den esperanzas, que le afirmen, que no nos desanimen haciéndonos recordar lo tremendo de nuestra situación.

En fin, fui al Consulado. Salió Ciganda. Parece que ha comprendido su falta de educación y ha tratado de hacerme olvidar el pasaje del Sábado último.

Aunque no llegó la carta, no me desanimé, pues con el cambio del Cónsul y la seguridad de Fleurquin, me encuentro más porveniroso.

A las 4 p.m. siempre siento hambre. Compro 10 céntimos de pan — tan o más barato que en el Salto — y me lo como. Es algo seca la cosa; pero ¡qué hacer! En esos momentos, viene a martirizarme el recuerdo de los cafés con leche, mate de ídem, y queso y biscochos, y Vds! Muevo la cabeza melancólicamente y continúo comiendo. El pan me da mucha / sed. Ahora, tengo la boca pegado un labio por otro. Como estoy en el Cementerio del Père Lachaise, no puedo tomar agua, aunque lo procuraré en una de las fuentes.

Por otro lado, en la calle hay mil tentaciones. Venden las guindas — hermosísimas — a 10 céntimos el medio Kilo. ¿Quién no se refresca, sobre todo si tiene sed? Todos, menos yo, pues 10 cts. que gaste ahora, me pueden representar 100 mañana. Vivo así, no permitiéndome el mínimo gusto. El cigarro me hace sufrir. Fumo sólo 4 por día, debiendo fumar 12 o 15. Y como los tengo en el bolsillo, a cada momento llevo a ellos la mano. Mañana se me concluyen. No me decido a dejar(([lo]) la costumbre. Es demasiado. Compraré un paquete con 50 cts de los que ahorré.

9 p.m. — Acabo de cenar por 45 cts. (40 de un ragout y 5 de pan). No es mucho, / verdad? Pero aunque comería un poco más, no tengo hambre, sin embargo. De este modo ahorro 50 cts. [113]

En cuanto a París, será muy divertido pero yo me

[113] En estas ingenuas anotaciones, antes que en patéticas tiradas, puede medirse la desesperada situación de Quiroga.

aburro. Verdad que no tengo dinero, lo que es algo para no divertirse. De todos modos, es hermosa ciudad aquella en que uno se divierte, ya se llame París o Salto. Un poeta griego de la decadencia, dijo: "La patria está donde se vive bien". [114] Es un gran pensamiento. ¿Por qué he de decir yo que no hay como París, si no me divierto? Quédense en buena hora con él los que gozan; pero yo no tengo ninguna razón para eso, y estoy en lo verdadero diciendo que Montevideo es mejor que París, porque allí lo paso bien; que el Salto es mejor que París, porque allí me divierto más. ¿Qué da que otros digan lo contrario, / porque aquí lo han pasado bien? Cada cual vive la vida que le es posible; y el cazador que vive en su bosque, el rural que goza con su escopeta y sus soles, tiene razón cuando afirma que el monte o el pueblo es mejor que París. ¿Qué tenemos que decir a eso? Gócece en buena hora, ya sea donde sea. El lugar que nos ha visto felices y contentos, es el mejor de todos. En París se divierten los demás; yo en Salto. ¿Diré por lo tanto que esto es mejor que aquello? Sería una estupidez.

f. [42]

—Volviendo a mis asuntos, he pasado un buen día, el mejor de diez días a esta parte. Estoy leyendo de nuevo *(Fecundidad)* *([París])* ¡Qué obra, santo Dios!. Es lo más grande de estas últimas décadas. Tie-

---

[114] No ha sido posible localizar al poeta griego al que alude Quiroga. La versión más antigua de dicho proverbio que se ha encontrado es la efectuada por Cicerón en *Tusculanae disputationes* (V, 37): "Patria est ubicumque est bene". Cicerón atribuye el verso a Pacuvio (220-130 a. C.), poeta trágico romano del que se conservan sólo fragmentos. Quizá Quiroga haya errado la atribución.

f. [42 v.] ne Zola un poder tan tremendo de sugestión, que convierte a todos. Después le recordaré a Asd[rú]- / bal esto que le decía: gran orador es aquél que nos entusiasma atacando o defendiendo lo contrario de lo que sentimos. [115]

10 p.m. — Sentado en un banco del Bulevar Saint-Germain, casi esquina Calle Saints-Pères. La noche es espléndida. Noche de Plaza Independencia. Creo que lo que siento es la reacción de los sufrimientos pasados. Hasta mascullo versos. Temo ir a mi cuarto, por ahorrar en velas. En cualquier momento me las pueden negar. Hace quince días una bujía me duraba dos noches; ahora me duran una semana. Son casi completamente huecas. Siento mucho no poder ir mañana al *Parc des Princes* a ver la llegada de Burdeos-París. Además correrá Grogna, Protín y otros que quisiera conocer. El 17, 18 y 24 se corre el G.[rand] — P.[rix] de P.[arís]. Puede que [e]l primer día vaya. ¿Cómo? No sé —

f. [43] /Por fin, tengo asegurada la comida — Queda la cuestión cuarto y dinero para esperar en Génova. Pero ha pasado lo peor. Ahora creo que el dueño de[l] hotel esperará a que me vaya. Hoy le encontré, me sonrió y me dio la mano:

—¿Comment ça va?

— Bien. Y pongo una cara desolada muy apropósito, como cuando encuentro a alguno de los muchachos. ¡Cómo la desgracia puede cambiar — con la continuación — todo el carácter de un individuo. Heme un poco comediante, sólo para que me tengan lástima y no me dejen de dar de comer.

[115] Dr. Asdrúbal E. Delgado. (Véase la nota 5; para Zola, véase la 23.)

— Camino mucho, mucho. Desde las 2 hasta las 8 ½ pm — Así es que a la noche me encuentro cansadisimo. Es lo que busco. Pensé — hace 20 días — que esta libreta llegaría por la mitad. Bien veo que con esta sucesión de impresiones, necesitaría 4 en un mes. Mañana la concluyo. Siento no tener / dinero para comprar otra — Escribiré en un cuaderno de 10 cts — [116]

f. [43 v.]

Domingo 10 — 11 a.m. — Me acabo de lavar los pies en la palangana. Como no había más agua, no pude lavarme la cara. ¿Qué diría de esto mi amigo Brignole?

Soñé que estaba embarcado y viajaba para esa; por lo tanto, me desperté mal. Espero de un momento a otro la decisión de los dueños. O me quedo aquí hasta el 20, o me marcho; ¿adonde? no sé — Estoy bastante más dispuesto a la lucha que en los primeros días. La práctica ruda.

Te cierro, libreta querida, único refugio, único confidente de la amarga semana que he pasado. Sin tí, talvez hubiera llorado todo el día. [117]

---

[116] Este cuaderno no ha sido encontrado aún. Quizá Quiroga no lo pudo comprar.

[117] Con esta anotación —que debe vincularse a lo apuntado el 4 de junio: "He escrito a Mamá, y como siempre que acabo de dejar la pluma, me siento más aliviado. Contar lo que se sufre, es una manera de desahogarse"— concluye el registro cotidiano. (Véanse la nota 116 y, también, la introducción, I.)

París, Junio 10, a las 11 horas y 18

f. [111] /Junio Martes 5 —   Fleurquin — 2 —
          "   6   "   "
          "   7   "   "
          "   8   "   "
          "   9   "   "
          "   10   "
          "   —   —
          "   11   —
          "   12
          "   13

          "   14
          "   15
          "   16
          "   17
          "   18
          "   19
                       20[118]
                       —.—

minutos a.m. en mi cuarto del Hotel de la Place de L'
Odeón. 6; con un día espléndido y mucha hambre —

[119]

[118] Parece evidente que Quiroga anotaba aquí todos los días, y a manera, de penitencia, su deuda con Fleurquin. La misma anotación permite observar, también, que abandonó definitivamente este cuaderno hacia el 11 de junio.
[119] Este garabato parece dibujar una Q. En San Ignacio (Misiones, Rep. Argentina), D. Isidoro Escalera conserva objetos de cerámica construidos por Quiroga y marcados con su monograma: una H de imprenta inscrita en una Q.

/Cycle Rayon [?] D'or — Avenue de la Grande Armée 57 [f. 144 v.]
    Cycle Libérator   Avenue de 59
    Sindicat de fabricants   Avenue de Rudge: 195 frs
    Pista municipal: Bois de Vincennes.
    Maison Rudge. Halévy 16 —
    Restaurant Turaine — Rue Monsieur le Prince 57 — au coin de Vaurignard —
    Aux Baneaux — 45 —
    Consulado Uruguayo — R.[ue] Joubert 14
    Legación Uruguaya — " Offémont 1 (bis)
    Consulado Portugués — Berri 35 —
    Cuadros de Paul Berthou y Henry Riviere: Rue Bonaparte 12 —
    Cuellos S. A; Rívoli 156
    Cuellos S. A; Rívoli 188 (manufactura) [120]

(Instituto Nacional de Investigaciones y Archivos Literarios. Montevideo. Primera Sección: Manuscritos. "Archivo de Horacio Quiroga", Serie 2ª, Nº 1: Diario de viaje a París, de Horacio Quiroga, en 1900. (Marzo 20 a junio 10 de 1900.) Dos libretas: la primera de 96 hojas y dos tapas; papel sin filigrana; dimensiones: 116 x 188 mm.; Interlínea: 9 a 10 mm.; estado de conservación: bueno; la segunda de 88 hojas y dos tapas; papel sin filigrana; dimensiones: 105 x 163 mm.; interlínea: 7 a 8 mm.; estado de conservación: bueno. Las palabras que se hallan entre [ ], no figuran en el original; las que aparecen entre ([ ]), están testadas; las que se encuentran entre ( ) y en bastardilla, están interlineadas; las que se hallan entre ([ ]) y en bastardilla, están testadas e interlineadas; el signo [...] significa que las palabras son ilegibles y el signo ([...]) las que están testadas y son ilegibles.)

[120] Esta última página de la libreta ha sido utilizada por Quiroga como una verdadera agenda de París. Figuran, mezcladas, direcciones de negocios de bicicletas y pistas de deportes, de consulados y legaciones, de restaurantes y camiserías.

Apéndice documental

A) Composiciones juveniles

1. — *Recuerdos*

/¡Qué encanto el de aquellas tardes de verano, el [f. [1]] de nuestros paseos por los alegres alrededores, en la orilla del arroyo, en el cerro, en la vía férrea, sintiendo los aromas de las florecillas campestres, bocanadas de aire frescas y furtivas, muchachas rollizas y jóvenes, la vida toda de nuestra juventud hermosa! ¡Qué encanto el de nuestras pláticas literarias, el de nuestras inspiraciones repentinas, el de nuestros gritos resonando en la soledad de la tarde que caía, el de nuestras declamaciones frente a aquella pared de la avenida, escuchando el eco dulce y apagado de la poesía a Cervantes o las tristísimas quejas del indio Tabaré. ¡Qué encanto el de los crepúsculos tranquilos, los pompones de cúmulus rosados, la armonía de la luz al extinguirse, dejando en nuestras almas rastros de nostalgias adorables, ternuras melancólicas, prolongándose en el silencio de la noche que empezaba, cuando las hojas y las ramas murmuraban en la sombra, se aspiraban las fragancias que flotaban *(en)* el aire, y morían las notas de los pájaros. ¡Qué encanto el de nuestras estaciones en el Fenix, sentados en una de las mesitas colocadas en la acera, mientras contemplábamos jóvenes hermosas y sonrosadas de turgencia ideal, jóvenes que eran rubias / y delicadas... ¡que eran buenas! ¡Qué encanto el de nuestros amores que florecieron en las noches estivales, aquellas noches que escucharon frases ardientes y suspiros entrecortados, aquellas noches en cuyo misterio nuestras almas palpitaron con vibraciones idénticas, con vibraciones de músicas divinas, que resonaban silenciosamente en el santuario interno! ¡Qué encanto el de nuestros asientos en un banco de la plaza, reunidos alegremente los cuatro inseparables, bajo la sombra de los viejos paraísos tutelares, mientras se cruzaban ardientes miradas y rápidas sonrisas con la joven aquella de la esquina! ¡Qué encanto el de las dulces contemplaciones de la amada, subiendo la pendiente áspera del cerro, o mirando, desde el muelle, al rumor de la corriente del río, una elevada cumbre donde surgía de repente el vestido negro de una visión blanquísima!

¡Qué encanto en las dulzuras del recuerdo! — A.[berto J. Brignole]

(Instituto Nacional de Investigaciones y Archivos Literarios. Montevideo. Primera Sección: Manuscritos. "Archivo de Horacio Quiroga", Serie 1, Tercer Grupo, Nº 1: Composiciones en prosa y en verso firmadas por A.[lberto J. Brignole], H.[oracio Quiroga] y J. J. J. [Julio J. Jaureche]. (Entre 1894 y 1897.) Original (fol. [1] y fol. [1.v.]) en un cuaderno de 48 hojas y dos tapas, papel con filigrana; dimensiones: 182 X 293 mm.; interlínea: 8 a 16 mm.; estado de conservación: bueno. Las palabras que se hallan entre [ ], no figuran en el original, y las que aparecen entre () y en bastardilla, están interlineadas.)

2. — *Sombras*

/¡Qué triste es el pesimismo! Yo me enternezco cuando oigo a mi amigo hablar de su porvenir, de la gloria, de las aspiraciones de una alma juvenil y creo que palidezco, porque pienso que también podría ser como él, lleno de fe y alegre, sobre todo alegre! ¡Qué hermoso sería...!. Pero no puedo. La tendencia fatal de nuestro siglo me arrastra sin procurar apartarme de la corriente. Siento una especie de placer en mis sufrimientos, en mis tristezas, y aun desearía padecer más, para encontrar en el fondo de mi escepticismo una realidad que se destaque poderosa, con el tinte del dolor que nos sofoca, del gran dolor eterno. En cambio, mi amigo, optimista de corazón, se en/vuelve deliciosamente en las ilusiones de su espíritu creyente, y a través de una brillante etapa, de coronas y de lauros, él cree vislumbrar su porvenir lleno de gloria.

Piensa que el mundo es bueno, que el amor es dulce, que la vida es agradable y porción de cosas más que siente con firmeza y trata de hacérmelas ver con persuasiva palabra. A veces contesto que lo creo, que la humanidad me tratará con dulzura, que gozaré en el regazo de un amor sin límites, si lo creo, pero falta el corazón que lo sienta y que lo espere como una aurora delicada en el recinto entristecido de mi pobre alma que no comprende y que ([no quiere comprender]), que se muere sin querer luchar.

f. [9]

f. [9 v.]

Estoy leyendo "El Mal del Siglo" y me hace mucho mal. ¡Pobre Guillermo! Aquel espíritu superior cayó doblegado por el peso de su temperamento pesimista que tronchó las aspiraciones y las creencias que en una alma como la suya debían florecer. Y además, ¡hay tantas Loulou en este mundo!. Recuerdo que yo un día tuve las mismas reflexiones que Eynhardt analizando algunas mujeres que había conocido. ¡Qué frívolas eran! ¡Qué mundanalidad la suya que sacrificaban un amor sencillo y delicado a un / aplauso por su gorgorea voz, por su elegancia en el vestir!. Y he penetrado muchos corazones y todos me han desilusionado. Mi duda es grande y acerba como la de Guillermo: ¿Ama en mí la ternura que le prodigo, mi semblante, mi propia esencia, o a los hombres en general, al conjunto que me subleva?

He adorado a una mujer rubia que era hermosa. Cuando recordaba sus miradas, la alegría que le producía mi persona, su mano ardiente y temblorosa que se recostaba en mi brazo, creo que me quería fuera de la generalidad; pero el orgullo que se apoderaba de ella cuando era agasajada; sus risas y sus entusiasmos en el baile; su ligereza en las conversaciones que me hacían temblar, su desenfado en la despedida, ¡ay!, me hacen levantar los ojos con desesperación, como si allá, en el inmenso zafiro, columbrara la fugaz silueta de un amor que no llega nunca y que sin embargo lo siento palpitar dentro [de] mi pecho, y se escapa y se extiende y se prolonga hasta el infinito.

H.[oracio Quiroga]
Montevideo, Mayo 3. 96.

(Instituto Nacional de Investigaciones y Archivos Literarios. Montevideo, Primera Sección: Manuscritos. "Archivo de Horacio Quiroga", Serie 1, Tercer Grupo, N° 1: Composiciones en prosa y en verso firmadas por A.[lberto J. Brignole] H.[oracio Quiroga] y J. J. J. [Julio J. Jaureche]. (Entre 1894 y 1897.) Original (fol. [9], f. [9 v.] y f. [10]), en un cuaderno de 48 hojas y dos tapas; papel con filigrana; dimensiones: 182 X 293 mm.. interlínea: 8 a 16 mm.; estado de conservación: bueno. Las palabras que se hallan entre [] no figuran en el original, y las que aparecen entre ([]) están testadas.)

3. — *¡Es natural!*

/Esther no me ha conocido. He pasado a su lado, temblando de emoción. Cuatro meses que no la veía, y me ha olvidado. Ya no se /acuerda de mí, ella que me hizo conocer algo hermoso, yo que la quise tanto, que llegué a dudar de su existencia, ¡oh virgen de oro! f. [12]

f. [12 v.]

Y no me ha conocido — Allá cuando estaba muy lejos, soñé que me adoraba, pensé que pudiera no verla jamás, pensé que me despreciaba, que sus ojos mentían; pero en medio de mis luchas y cavilaciones, nunca, nunca creí que Esther no me conociera!

¿Qué puedo esperar, cuando mi dulce Esther, como la llamaba en mis momentos de ternura, ha perdido la memoria y le soy indiferente? ¡Pobre principio!

Y ha sido de noche, a la semi-luz. Se conoce a una persona cualquiera, al amigo o al ([a]) que pasa sin saludar. Se conoce al ausente que hace mucho tiempo que no se ve; pero a mí no se me conoce, envuelto en el recuerdo de una primavera; a mí que cada paso que doy, es un chispazo de sus ojos puros.

El amigo sabe cuánto la quiero. El sabe si he soñado con ella, y si en cada sueño no /encontraba un es- f. [13]

tremecimiento nervioso, cuna de mil se[n]timientos atesorados ([y]) que vendría a desparramar a sus plantas! El sabe si he sufrido, pensando en su mundanalidad caprichosa, causa de mi amargura; y el bien sabe que la creí muerta, triste profecía moral que no ha de tardar en realizarse!

¡Oh ensueños y esperanzas! Cada día que pase, latirá con más fuerza aquella idea que tuve y que conozco es cierta: Yo no estoy enamorado de Esther, sino de su recuerdo.

Quince días de placer, cuatro meses de luchas, otros tantos relámpagos y enseguida el rayo.

Su indiferencia es mortal y me doblego.

H.[oracio Quiroga]
Salto, Junio 20. 96.

(Instituto Nacional de Investigaciones y Archivos Literarios. Montevideo, Primera Sección: Manuscritos. "Archivo de Horacio Quiroga", Serie I, Tercer Grupo, N° 1: Composiciones en prosa y en verso firmadas por A.[lberto J. Brignole] H.[oracio Quiroga] y J. J. J. [Julio J. Jaureche]. (Entre 1894 y 1897.) Original (f. [12], f. [12v.] y f. [13]), en un cuaderno de 48 hojas y dos tapas; papel con filigrana; dimensiones: 182 X 293 mm.; interlínea: 8 a 16 mm.; estado de conservación: bueno. Las palabras que se hallan entre [] no figuran en el original, y las que aparecen entre ([]) están testadas.)

4. — *[De "Algo"]*

/— Vamos a ver: El pesimismo, esa terrible afección del sentimiento, ¿puede dominarnos, sin antes haber sentido los efectos del desengaño, del exceso, del hastío?

No lo parece a simple vista; y sin embargo, es verdad. Tengo un amigo muy joven aún, casi un niño. Un niño, y es pesimista.

/ ¿Ha sufrido mucho? Creo que no, en el sentido general de la palabra. Su delicadeza extrema, su sentimiento riquísimo ha sufrido con una gota que no quema, con un dolor apenas. Lee desde pequeño; y aún no tenía doce años y lloraba sobre "Los miserables", aquella última estrofa del libro, el crepúsculo de Valjean. Creo que ha nacido en una mañana de otoño y su escuela fueron los llantos de su madre y los besos de dolor al hijo póstumo Es enfermo, nervioso, hasta la neurastenia; no ríe con frecuencia.

¿Comprenderéis que a los 17 años, el amigo mío crea más en el dolor que en el placer, que dude de la ciencia, del amor?

¿Comprenderéis que se crea inútil, sin porvenir, sólo y perdido en un mundo que recién comienza a conocer y ya le espanta?

Talvez le conozcais. Talvez os habreis dicho: ¡Qué muchacho feliz! ¡Nada le falta! Y es verdad; suelen verle en sociedad y hasta a veces pasearse satisfecho y sonriendo por cualquier bobería; es verdad. Busca lo que le falta, la alegría.

/Es joven y quiere vivir contento

H.[oracio Quiroga]

(Instituto Nacional de Investigaciones y Archivos Literarios. Montevideo, Primera Sección: Manuscritos. "Archivo de Horacio Quiroga", Serie I, Tercer Grupo, Nº 1: Composiciones en prosa y en verso firmadas por A.[lberto J. Brignole] H.[oracio Quiroga] y J.J.J. [Julio J. Jaureche]. (Entre 1894 y 1897.) Original (f. [14v.], f. [15] y f. [15 v.]) en un cuaderno de 48 hojas y dos tapas; papel con filigrana; dimensiones 182 X 293 mm.; interlínea: 8 a 16 mm.; estado de conservación: bueno.)

5. — *Decadencia*

f. [23 v.] /Entre los recuerdos que han encontrado un abrigo en el santuario luminoso de mis momentos más dulces; entre aquellos que mi alma, recogida en sí misma, ha cobijado en su seno, como madre cariñosa que reune sus hijos para vivir de su ternura; ([como]) entre los que han llorado conmigo, pobres compañeros de mis horas más lentas y fatigosas, vive la memoria de una mujer.

f. [24] /Triste y cansado, sin fuerzas para sostenerlos, el cerebro ha dejado escapar otros pensamientos más verdaderos, pero menos hondos, quizás. Los nervios no reflejan el mundo exterior: sus vibraciones se agotan en el vacío, perdiéndose en el silencio que mi espíritu encierra. Así descansan mis recuerdos, sin fuerzas para agitarse. Sólo uno revolotea estremecido, como si quisiera ser evocado por la ([memoria]) palabra; pero ha perdido su forma, mezclándose con ideas y concepciones que he soñado, no pudiendo decir que dulzura corresponden a uno, y cual a otro. Mi inteligencia es incapaz de despejarlas; y, ([de]) *(en)* esa ([manera]), continua ansiedad; en ese sacudimiento ([doloroso]) prolongado que revuelve tantas sombras dormidas, se concentra mi vida entera, como si el cerebro, colmado, hubiera perdido su facultad creadora, replegándose en si mismo.

H.[oracio Quiroga]
Salto, Setiembre 16. 96.

(Instituto Nacional de Investigaciones y Archivos Literarios. Montevideo, Primera Sección: Manuscritos. "Archivo de Horacio Quiroga", Serie I, Tercer Grupo, Nº 1: Composiciones en prosa y en verso firmadas por A.[lberto J. Brignole] H.[oracio Quiroga] y, J. J. J. [Julio J. Jaureche]. (Entre 1894 y 1897.) Original (f. [28 v.] y f. [24]) en un cuaderno de 48 hojas y dos tapas; papel con filigrana; dimensiones: 182 X 293 mm.; interlínea: 8 a 16 mm.; estado de conservación: bueno. Las palabras que se hallan entre [ ], no figuran en el original, y las que aparecen entre ([ ]), están testadas; y las que se señalan con () y bastardilla, se encuentran interlineadas.)

6. — *Rojo y Negro*

/En el último rincón del pueblo, recodeada por la sombra del tamarindo; en las noches más frías del Otoño, entreabre sus hojas agrisadas, la flor del último ensueño. f. [39 v.]

— . —

La tapias del cementerio, en su([s]) descarnada vestidura, han mordido el polen amarillento, y el último beso, rígido, impenetrable, surge sobre su tumba—

— . —

Caen los cielos, y por su extensa cabellera rubia, las cuerdas de mi lira han prendido en su cintura una nota silbante y fina, como el espasmo del delirio—

— . —

/En el albor de mis primeras caricias, su busto palpitante se ([ha]) ([escondido]) esconde entre mis brazos. Una lágrima que ha caído en el hueco de mis hombros, se ha asimilado con mi sangre— f. [40]

— . —

La sombra de sus pestañas se extiende como un círculo negruzco. Las gardenias de sus sienes y las violetas de su frente beben mis suspiros y ruedan hasta su pecho: ¡en él han florecido!—

— . —

Abrazada a su cintura, corre la carcajada histérica, enseñando su vientre de fauces abiertas, su vientre que no se llena. Tiembla la carcajada histérica y la virjen rasga su blanca veste, sus temblorosos miembros, presa de furor extraño—

— . —

f. [40 v.] /Iluminaste un día mi corazón, ¡oh virgen de mis ensueños!. Tus palabras despertaron en mi pecho un himno de notas fugitivas; pero se apagaron sus acordes y te perdí. Como las golondrinas huiste, púdica esperanza. En tus alas quedó prendida la última caricia de mis besos— Soñaba siempre con tu ternura. Siempre a tus plantas soñé vivir. Siempre en mi pecho te acariciaba ¡siempre te amaba... más te perdí!

"Spirto gentil dei sogni miei" — — —

— . —

Salta la bofetada, y hasta el último límite del poder humano, llega el grito del orgullo herido.

La vergüenza se esconde en un puñal y hiere.

— . —

¿Qué es la ley humana? — Un premio al poder del más fuerte.

¡Cuánto material inútil en la creación del hombre! —

f. [41] /Las azucenas arrobadas besan la siempre-viva — Una mariposa negra que, durante el crepúsculo, ha revoloteado sobre las dos cabezas unidas, bebe la amargura de tu belleza, surgida de dos flores, en el silencio de la noche austral —

— . —

Cruza el jardín sombrío, temblando en su palidez amarilla de rosa-té. Su cuerpo, desmesuradamente flaco, proyecta su sombra aguda sobre la arena del camino, y se extiende infinitamente, como los sueños de la noche febril que mueven un mundo de fantasmas y de escombros y giran en revuelto orden, hasta el despertar angustiado.

Las nubes de incienso se elevan en un rincón del jardín, en espirales concentradas, tímidas: La luna es la luna de Otoño... Tal la sueño —

H.[oracio Quiroga]
Salto, Diciembre 11. 96

(Instituto Nacional de Investigaciones y Archivos Literarios. Montevideo, Primera Sección: Manuscritos. "Archivo de Horacio Quiroga", Serie 1, Tercer Grupo, Nº 1: Composiciones en prosa y en verso firmadas por A.[lberto J. Brignole] H.[oracio Quiroga] y J. J. J. [Julio J. Jaureche]. (Entre 1894 y 1897.) Original (f. [39v.], f [40]. f. [40 v.] y f. [41]), en un cuaderno de 48 hojas y dos tapas; papel con filigrana; dimensiones: 182 x 293 mm.; interlínea: 8 a 16 mm.; estado de conservación: bueno. Las palabras que aparecen entre [ ] no figuran en el original, y las que se hallan entre ([ ]), están testadas.)

B) Primeras publicaciones

1. — *Para los ciclistas. De Salto a Paysandú*

El viernes 27 de Noviembre pasado salimos en bicicleta con destino a Paysandú. A las 3.40 a.m. emprendemos el viaje. Marchamos a una semi-luz peligrosa, pues se confunde mucho la vista. La madrugada está fría y ventosa. Nos preocupa algo la idea de pasar el Daymán; mas por suerte encontramos un paisano oficioso que, entre charla y preguntas, nos pasa a remolque con su caballo. Al efecto, hémonos embarcado en un bote con nuestras máquinas. Tardamos diez minutos en pasar y seguimos viaje a las 4 y 40.

El trayecto a Piñeyrúa es tal vez de los mejores caminos que hemos hallado. Pocas ondulaciones y piso firme.

El sol comienza a despejar las nubes y el viento a

sentirse con más fuerza. Por desgracia lo llevamos de frente.

5.20 a.m.— Pasamos por la parada Piñeyrúa. Nuestras máquinas están empapadas de rocío, alcanzándonos el agua a mojar hasta la rodilla.

6.40 a.m.— En el arroyo Ceibal Grande almorzamos ligeramente y fumamos con tranquilidad uno o dos cigarros.

Montamos de nuevo a las 6.50 a.m. y emprendemos la subida de un cerro casi perpendicular. Hasta ahora el camino no ha sido malo.

Una senda de 0.20 m. trazada en el pasto, basta para nuestro paso. Como el camino es poco transitado, la gramilla está muy corta y no nos hace casi saltar.

Subida que es la pendiente, cae sobre nosotros, perpendicular el manubrio, el viento sur, más fresco y con violentas sacudidas que nos detienen. Hay que hacer un esfuerzo y doblarse en dos sobre la manivela.

Queda a nuestra derecha la estancia de los Cerros; formamos escuadra con su frente norte y seguimos de lleno el callejón —el peor de los trozos de camino que hayamos encontrado. Nos vemos obligados a bajar cada cinco minutos y llevar arrastrando las máquinas por 200 a 300 metros.

6.50 a.m. — Al querer pasar —sin desmontarme— entre varias piedras, choco con ellas y caigo de costado sobre una piedra triangular y aguda. Quedo cinco minutos sin poder mover la pierna derecha.

7. 35 a.m. Chapicuy— El jefe de Estación, Domingo Martínez, nos obsequia mucho. Adquirimos datos y seguimos a las 8 a.m.

A la legua —aproximadamente— de esta estación, abandonamos el camino real y marchamos al costado de la vía férrea.

La marcha se hace muy dificultosa, pues el pasto duro y alto, entorpece el movimiento de las ruedas.

9 a.m. — El cielo, ya muy encapotado, comienza a dejar caer el agua,— no perpendicular, sino en ángulo de 30 grados: tal es el viento.

Refugiámonos debajo del puente del Carpinchurí y almorzamos bajo agua corrida.

La lluvia se transforma en diluvio y el viento en huracán. Las barras laterales del puente —anchas de 40 centímetros— nos cubren algo del agua; pero como son bajas, tenemos que doblar completamente las cabezas.

En otra ocasión, pareceríamos cariátides del siglo diez y nueve, sosteniendo puentes, no frontones. Se arremolina el viento y el agua que nos empapa de pie a cabeza. Las mangas del saco son bombas al moverse. Por todos lados el cielo está lívido. El campo triste, mojado, algo fantástico a través de la gasa que produce el agua al chocar en el puente. Si continúa la lluvia de esa manera, muy pronto el arroyo va a desbordarse y a arrojarnos de su lecho.

10.30—Resolvemos seguir la marcha, tiritando de frío, bajo un suelo descompuesto. Las ruedas ceden sin avanzar; el viento sopla cada vez más y nuestra cintura se esfuerza casi inútilmente en recobrar su posición vertical: los músculos se atensionan como cilindros de acero que han perdido su elasticidad.

Se siente —marchando mucho tiempo sobre el pasto— una sensación especial y dolorosa en el estómago, fuertemente sacudido.

Nos arrastramos penosamente, ya encima de las bicicletas, ya marchando al lado de ellas. De este modo, tardamos cinco horas en hacer 5 leguas.

Pasamos los puentes de Guaviyú y llegamos a la casa de comercio —pulpería— de Manuel Gago —a un kilómetro de la vía— ¡Por fin!

A la 1.30 p.m. — Estamos rendidos, locos de hambre y de cansancio. Las últimas leguas nos han destrozado.

Almorzamos sardinas, galleta y queso; todos los comestibles. El viento nos impide seguir. Dormimos.

6. 1/2— Nos levantamos a pesar del tiempo y emprendemos camino a las 6.50. Anochece pronto; en pleno campo como nos hallamos, es una locura seguir adelante. Ya de noche, damos vuelta a las máquinas y retrocedemos.

7.55 p.m. — Otra vez estamos en lo de Gago.

A cenar y a dormir.

4.45 a.m. del 27— Levantámonos, tomamos mate y café.

5.55— Frío y fuerte viento. Seguimos, cortando campo, por ahorrarse de esa manera, como dos leguas.

7. 15 a.m.— Quebracho. Estación y pulpería de Baucelira. Telegrafiamos a Paysandú.

7. 20 a.m.— Salimos. Estamos en [pleno] campo.

8.5 a.m.— Arroyo Quebracho.

8.30— Continuamos.

9.35— Llegada a Estación Queguay. Y a las 9.50 salida.

El día anterior ha llovido mucho y los caminos comienzan a estar detestables.

10.30— Casa de comercio de Tomás Agesta. Almorzamos y descansamos un rato. Continuamos a las 12 a.m.

Los dos arroyos San Francisco están bastante crecidos y demoramos largo rato en pasarlos.

La entrada a Paysandú es pésima, —verdad que tomamos el peor camino.

4.30 p.m.— Estamos en el centro de Paysandú, en el "Hotel Concordia"

La distancia entre ambas ciudades es ésta: de Salto a Estancia de los Cerros: 5.50 leguas. De los Cerros a Chapicuy: 2.50. De ésta a Guaviyú 5 leguas. De Guaviyú a Quebracho: 2 leguas. De Quebracho a Queguay: 4.50 leguas. De Queguay a Tomás Agesta: 3 leguas. De Tomás Agesta a Paysandú: 7 leguas. Total: 29 leguas y media. Nos referimos al viaje por camino.

Hemos pasado como 30 corrientes de agua y saltado 80 veces los alambrados.

En resumen: con tiempo seco y sin viento alguno de frente, el viaje es sumamente factible.

Dos ciclistas

(Biblioteca Nacional. Montevideo. Sección Hemeroteca. *La Reforma*, Año I, N° 27, Salto, diciembre 3 de 1897, pág. [2], cols. 1, 2 y 3.)

2. — *Helénica*

En el blanco jarrón de la sala
Languidecen las dulces violetas.
Las corintias columnas de mármol

Sostienen el bronce de escúltica griega.
Son sus pechos nupcial incensario
De cincel praxitélico, perla.
En sus muslos —querida del arte—
Contémplase carne la lúbrica idea.
La dulzura retrata su frente.
Su lamprófora veste de hebrea
Ciñe el vientre con broches dorados
Que las curvas del vientre revelan.
Pide amores la virgen estatua.
Desde el cetro de su alta belleza
Su mirada desciende pausada
Sobre el ramo de mustias violetas.

Guillermo Eynhardt

Enero 28.96.

(Biblioteca Nacional. Montevideo. Sección Hemeroteca. *Gil Blas*, año I, N° 16, Salto, octubre 30. 1898, Pág. [3], col. 2.)

C) "Revista del Salto"

1. — *Introducción*

Todo periódico, al salir a luz, se traza un programa, rojo o blanco.
Es combatiente o es expositivo. Levanta la bandera punzó o rehuye toda idea que no sea tranquila, todo concepto que no equilibre.
Nuestro programa es simplemente de exposición. Abrimos estas columnas a los que en el Salto meditan, analizan, imaginan, y escriben esas meditaciones, esos análisis, esas imágenes.
A los que resuelven un sentimiento en un pensamiento, y un pensamiento en una verdad.
Nada es pensar si no se procura grabar hondamente lo que se piensa. El esfuerzo más impulsivo es impotente, si la palanca quiebra sus brazos, y el concepto iluminado se desvanece en la sombra.

Escribir, siempre que se haya concebido y se crea la gestación completa. Si el pensamiento nace ahogado o degenerado, no importa.

El aborto es siempre menos bochornoso que la esterilidad.

El que se siente precipitado está por encima del que no puede volar.

Entre nosotros, el pensamiento trabaja, pero teme la claridad. Deslumbra, como una gloria entrevista, y huye huraño, como el que tira una flor y esconde la mano.

Extiende sobre una frente silenciosa sus alas predestinadas, y se pierde en la memoria, sin que un libro recoja su forma.

Porque una columna de sanas reflexiones es más provechosa que cien páginas inéditas.

Lo que se nos dice pasa fácilmente; lo que se lee no se olvida. Aquello impresiona como una belleza pasajera; esto se graba con relieves de agua fuerte.

El abandono, —aun para los que están eternamente condenados a sólo admirar— es acusable. Pero es criminal cuando el genio vive en la sangre como una neurosis, cuando acaso con un golpe de alas puede salvar una bruma tenaz.

La actividad tiene un broche que es el estímulo; y para romperle, hay que dar el asalto, aun, cuando se escale torpemente la brecha.

Si no hay un terreno para la lucha, la cabeza mejor organizada; los que fatalmente llevan en sí la victoria como se lleva una herencia quintaesenciada, se consumirán, como el Gran Rebelado, en una lenta visión de laureles.

Una tierra estéril sugiere reflexiones menos dolorosas que un campo abandonado.

Extendemos, pues, las columnas de esta Revista, para los que inicien el ataque, ya como veteranos de una vieja Guardia, ya como tímidos iluminados.

Horacio Quiroga

(Instituto Nacional de Investigaciones y Archivos Literarios. Montevideo. Tercera Sección: Impresos. "Archivo de Horacio Quiroga", Serie V, Segundo Grupo, Nº 1: *Revista del Salto*, Semanario de Literatura y Ciencias Sociales, año I, Nº 1, Salto, setiembre 11, 1899, pág. [1].)

2. — *Aspectos del Modernismo*

El pensamiento, a igual que el sentimiento, evoluciona con los tiempos y las épocas. Bajo el imperio de un cerebro poderoso, pero desequilibrado, la idea deja de ser severa para ser brillante. Ilumina más de lo que enseña; deslumbra más de lo que ilumina. Llega coloreada a lo interno, pasando a través de la imaginación.

Las generaciones desarrolladas en ese medio, obran y reaccionan conforme a esa tendencia que el Genio imprime a un siglo entero.

En nuestras edades, el pensamiento bucea siempre, mina siempre la verdad; pero más a menudo vuela. Y esta repetida elevación de cabeza nos sume en constante vértigo. Acabamos por deslumbrarnos, prefiriendo un golpe de alas a un golpe de piqueta; la reverberación de una imagen a la serenidad de un aforismo.

Somos más artistas que pensadores; gustamos más de un sofisma resplandeciente que de una verdad fríamente expuesta.

Nuestra imaginación hiperestesiada, incapaz a veces de absorber una sencilla sentencia, llega a la más grande exageración sensitiva, a las concepciones más simbolistas, delicuescentes, coloristas, decadentes— fiel resultado de una consunción nerviosa, irritada y pruritada a través de los siglos por el abuso que de nuestras emociones han hecho los genios artísticos; y, en los últimos tiempos, por una exagerada resurrección de aticismo.

Hemos degenerado en vigor, pero hemos sutilizado nuestra delicadeza. Preferimos los matices combinados y de efecto, al blanco, que ilumina plenamente.

Estamos gastados, pero a manera del diamante.

La imaginación es nuestra fuerza, y la quinta esencia, el motivo y fin de la literatura moderna.

La reflexión se esconde en un símbolo como un poema en unos puntos suspensivos. Las metáforas claras y abiertas se resuelven en absurdos gramaticales, donde solamente nuestra inervación refinada puede hallar un estremecimiento estético.

La literatura no declina: evoluciona. Y evoluciona con nosotros, con nuestro modo de ver, de pensar y de sentir. Reprensible y bastarda en otras épocas, es lógica en nuestro tiempo. Es hija de nuestro siglo; y acusarla es como acusar al lobo de que es hijo de lobo. No culpemos a nadie.

Literatura de los degenerados; éste es el justo nombre que se ha pretendido convertir en culpa.

¿Quién no ha perdido el equilibrio de sus facultades, quién cree conservar la pureza del tipo fisiológico?

El sentido común da paso al sentido refinado, que es el de los elegidos, de los que han abierto la carrera al Modernismo, y que pronto será el de la masa mediana por la precipitada extenuación de nuestro sistema nervioso.

Horacio Quiroga

Salto, Octubre 2 de 1899.

(Instituto Nacional de Investigaciones y Archivos Literarios, Montevideo. Tercera Sección: Impresos. "Archivo de Horacio Quiroga", Serie V, Segundo Grupo, N° 1: *Revista del Salto* Semanario de Literatura y Ciencias Sociales, año I, N° 5, Salto, octubre 9, 1899, pág. [37].)

3. — *L. L.*

A la forma inmortal. Las ondas curvas
Del cerebro comprimen un abismo.
Hay estrofas revueltas en su fondo
Y un monstruo: la palabra, que es el ritmo.

Lucha sin paz ni gloria ni caída
Cuyo estigma se graba en el delirio.
El pensamiento arrastra como túnica
Todos los cienos de su origen; lirios
Manchados por las heces de un perfume
Que han desflorado los pasados siglos,
Y cuyas hojas de gastada esencia
El cansancio salpica de fastidios.

Tras la pura intención, el vil pecado;
Tras las ansias de luz, el atavismo;
Y el origen sin forma de la célula
Salta audaz a la forma del camino.
¿Y el amor? Secreciones bondadosas.
En el fondo de histéricos idilios
Hay una gota amarga de fosfato
Que acusa la impureza de los filtros.
La misma vibración graba en los nervios,
La altivez de un incesto o de un martirio;
La misma crispación pone en las celdas
El germen de una infamia o de un castigo.
La novedad robando viejas túnicas
Infarta la ilusión de un nuevo ritmo,
Y anuncia la infección de viles células
Que emponzoña el endémico atavismo.
La palabra gotea por sus letras
El color impotente de su símbolo—
—Aurora sin canción y sin Oriente,
Madrugada, sin sangre, de los tísicos.

Horacio Quiroga

Noviembre 99.

(Instituto Nacional de Investigaciones y Archivos Literarios, Montevideo. Tercera Sección: Impresos. "Archivo de Horacio Quiroga", Serie V, Segundo Grupo, Nº 1: *Revista del Salto*, Semanario de Literatura y Ciencias Sociales, año I, Nº 7, Salto, octubre 23, 1899, pág. 60.)

4. — [*Noche de amor*]

Noche de amor. Bajo la sombra cómplice,
La ingenua tentación. En la arboleda
El motivo de vida va pecando
Como un ensueño de precoz histeria,
Hay quemantes sudores en las pieles;
Sorda germinación en las arterias;
Protestas en las curvas no labradas
Y en tu pupila audaz, francas ofertas.
La idealidad se tiñe de rubores
Como un pálido lirio, de vergüenzas:
En los lechos abiertos y manchados
Se tiende la pasión. La noche arquea
Su gran complicidad sobre la falta;
El lirio de tu sexo se doblega,
Y señala tu carne temblorosa
El índice fatal de mis torpezas.
¡Oh la sed de mis labios, cuyos besos
Recargan la intención que nos rodea!
¡Oh el carmín de tus labios, cuyo orgullo
Palidece al fulgor de tus caderas!
Dame tu cuerpo. Mi perdón de macho
Velará la extinción de tu pureza,
Como un fauno potente y pensativo
Sobre el derrumbe de una estatua griega.

Horacio Quiroga

Salto, Diciembre 14 de 1899.

(Instituto Nacional de Investigaciones y Archivos Literarios, Montevideo. Tercera Sección: Impresos. "Archivo de Horacio

Quiroga", Serie V, Segundo Grupo, N° 1: *Revista del Salto*, Semanario de Literatura y Ciencias Sociales, año I, N° 15, Salto, diciembre 19, 1899, pág. 124.)

5. — *Leopoldo Lugones* *

/"*Les mistèrieuses rencontres avec l'invraisemblable, que, pour nous tirer d'affa[i]re, nous appelons hallucinations sont dans la nature. Illusions ou réalites, des visions passent; qui [se]trouve là, les voit*". [N° 11] pág. 87
(*Victor Hugo*. Les travailleurs de la mer)

La premiére caractéristique du genie est donc la puissance de l'imagination. Le poéte créateur est proprement un voyant, qui voit comme reel le possible, parfois mème l'invraisemblable.
(*M. Guyau*. L'Art au point de vue sociologique.)

Ante todo es menester hacer una observación. Todo individuo tiene una manera de ver, de sentir y de pensar. Ya visionario, ya romántico, ya pesimista, sus cuerdas vibran por ciertos toques; su exaltación florece en determinada primavera.

Cada uno lleva en sí un homenaje a una escuela literaria; cada cual absuelve y glorifica a un escritor, siempre que éste exponga o analice lo que aquél piensa, siente y ve.

Cuando nos comprenden o, mejor dicho, cuando

---

* Ha sido necesario alterar la numeración de las llamadas de la publicación original –la que, por otra parte, está mal compuesta–, ordenándolas en numeración corrida.

comprendemos completamente una obra, el entusiasmo corre hacia el que ha sabido despertarle.

¿Es un genio, porque se ha interiorizado en nosotros, ha escrito lo que hemos pensado, porque nuestro *modo* se acomoda perfectamente al molde de sus expresiones?

Muchos la han dicho: la crítica absoluta es imposible.

La idi[o]sincrasia niega lo que no está en su cuadro; los nervios recusan toda vibración extraña; la ampliación se restringe en un solo punto de mira.

El juicio es convencional El que llegue a sentir hondamente lo escrito y vea reflejadas en las infinitas obras sus propias impresiones, será un crítico perfecto.

Pero no puede ser.

La acusación a una escuela o un libro que no nos gusta, es estéril, en primer término, ilegal en el segundo, y vanidosa, en el tercero.

Otorguemos, por lo menos la libertad de sentir de cierto modo y de juzgar conforme a su temperamento.

Leopoldo Lugones es un poeta de imaginación exaltada, cuyas me/táforas van a veces más allá de lo que él quiere.

Es simbolista. Más que simbolista es modernista. Más que modernista es un genio. Su característica es la fuerza de expresión y su objeto es deslumbrar. Y lo consigue.

No se pueden leer sus versos sin levantar la voz. Tiene tal poder de sugestión que alucina en una estrofa, arrebata en una oda, y nos arrastra fácilmente a donde él quiere, a sus enormes concepciones, a sus penas, a sus gritos, a sus monstruosos ensueños.

La exageración es su forma, habitual. Pero ni la busca ni la encuentra: la siente. La amplitud está en él, en su temperamento de ba[t]allador.

Sueña una falta y llega al crimen; sueña una nota y llega al himno.

A Victor Hugo se le imputó amenudo ese rebase de la idea.

¿Es que hay lógica? El efecto no está en la palabra, está en el cerebro. La frase desborda, pero antes que la frase ha desbordado la idea. Si hay culpa está en la manera de sentir, no en la manera de expresarse

Si suprimimos la exageración, suprimamos también ciertas circunvoluciones del cerebro.

El ritmo legendario no admite nuevas cadencias. La medianía retrocede ante las tentativas del asalto. La recta es enemiga de la curva. Ambas llegan; pero una, vulgarmente, y la otra, artísticamente y deslumbrando. Esto es todo.

Lo más asombroso en Lugones —como he dicho— es el poder de la expresión. En ciertas estrofas, la idea parece azotada por la palabra, hostigada, haciéndola decir lo que no quiere.

Como creador es un genio; como estilista es un coloso.

Si, a veces, el motivo de toda una estrofa queda oscuro, la palabra es deslumbrante. Esto le salva en muchas ocasiones.

Pero la claridad reacciona enseguida y surgen sus imágenes, límpidas y profundas, precisas y arrebatadoras, originales hasta la crispación.

Se ven: ésta es la palabra. Pero demasiado anchamente que lastiman y martirizan por un esfuerzo de visión al cual no estamos acostumbrados. Llevan en sí un centelleo formidable, un principio tan acre que muchas de ellas obligan a ser leídas cerrando los dientes, a través de los cuales rechina la idea, la palabra, la imagen.

Al oír sus maravillosos cantos, no se dice: es inspirado, sino: viene inspirado ¿De dónde? ¿de que Sinaí? ¿De qué Delfos?

Me lo supongo temblando ante la mesa de trabajo *"vibrante como un cráneo en delirio"*, mordiéndose los puños, desesperado de no encontrar la frase que exprese su idea, desgarrando el papel con la pluma, y en sueño de Broeklin ante la extensión de su frente.

[N° 12]
pág. 99
Pág. 100

/Los conocidos moldes del lenguaje no bastan a contener las extrañas cristalizaciones de sus ideas. Pasa siempre la medida común de lo acostumbrado. Ya en el retoque, ya en el bosquejo, hay un violento / matiz en su pincel simbólico y colorista.

.... lo que dice resuena— como el flujo de bronce de una hornalla harto llena ([1]).

Tan fuertes son sus alas, que aquel ser de ancho aliento— parece que en sus alas lleva amarrado el viento. ([2])

...El cielo es la frente— de Dios sobre la eterna serenidad suspensa: Cuando se llena de astros y sombra, es que Dios piensa. ([3])

([1]) *Las Montañas del Oro.* — Introducción.
([2]) Id., Id.
([3]) Id., Id.

En todas las montañas la cima sólo es pura— La cima es el esfuerzo visible del abismo — que lucha en las tinieblas por salir de sí mismo, ([4])

La Cruz austral radiada desde la enorme esfera— Con sus cuatro flamígeros clavos, cual si quisiera— En sus terribles brazos crucificar al polo ([5])

La gradación es uno de los misterios de su genio. Aparece la idea. Enseguida las imágenes, las comparaciones, unas tras de otras, avasalladoras, cortantes y se siguen y continúan y avanzan y se precipitan y se condensan y se funden en una explosión de luz, tan honda y deslumbrante, que la reflexión se sublima como un delirio, y la lógica se quiebra como un cristal ante una irrupción de brasas.

Recuerdo que un escritor argentino criticó estos versos y se rió de ellos.

El hierro sufre en lo hondo de la fragua encendida,— pero hasta hoy nadie ha visto las lágrimas del hierro. ([6])

De igual manera censuraría los siguientes:

Palidece de amor, como una grande azucena desnuda ante la noche. ([7])

... el duelo —de las sombras pesaba sobre la tierra inerte— como un árbol sobre una meditación de muerte. ([8])

describía Saturno un lento arco —sobre el tremendo asombro de la noche. ([9])

([4]) Id., Id.
([5]) Id., Id.
([6]) *Las Montañas del Oro.* — Introducción.
([7]) Id. "A la Desnudez".
([8]) Id. —Introducción.
([9]) Id. "A Histeria".

... y en la lúgubre ribera de la noche —con su gran paso de seda va el Silencio. ([10])

Y muchas más.

Es menester, acaso, para comprender a Lugones, una imaginación hiperbólica, capaz de llegar a sus más tangenciales símbolos?

Tal vez. Pero en uno u otro caso, hay una pregunta que no estaría demás en los que leen ciertas obras:

"No me gustan. ¿Por qué? Porque *no llego hasta ellas o* porque *ellas no alcanzan hasta mí?*

Su vuelo es de águila. Cuando éstas suben muy alto, no se las ve. *Están muy arriba,* decimos sin embargo"

Rubén Darío le llamó *formidable Lugones.* A Victor Hugo —el maestro— se le llamó igual.

Una de sus primeras poesías, —*El Carbón,* escrita en Córdoba, muestra ya esa tendencia hacia lo apocalíptico.

El simple ensueño llegando a la clarividencia; la percepción transformándose en sensaciones físicas; la lectura obrando como silenciosa sugestión; la frase castigada en todas sus palabras, y el asombro establecido entre la verdad y el delirio.

Más tarde ha desarrollado vigorosamente esas condiciones.

Se impone, no seduce.

Arrebata, no encanta.

Han dicho que Lugones —perdiendo con los años la fogosidad— ganaría mucho como escritor.

Creemos lo contrario. Su mérito / es ese: la potencia de las concepciones, el nervio de la frase.

([10]) Id. "Los Árboles".

Su juventud es un látigo; y el día que no tenga fuerzas para esgrimirle, caerá.

Entretanto, vive en perpetua excitación y nosotros en constante deslumbramiento.

El tiene lo primero que es el genio y nosotros lo segundo, que es el primer poeta de América.

Horacio Quiroga

Salto, noviembre 18/99.

(Instituto Nacional de Investigaciones y Archivos Literarios. Montevideo, Tercera Sección: Impresos. "Archivo de Horacio Quiroga", Serie V, Segundo Grupo, N° 1: *Revista del Salto*, Semanario de Literatura y Ciencias Sociales, año I, N° 11, Salto, noviembre 20, 1899, págs. 87 y 88, y N° 12, noviembre 27, 1899, págs. 99-101.)

6. — *Para noche de insomnio*

. . . .
. . . .

Ningún hombre, lo repito, ha narrado con más magia las excepciones de la vida humana y de la naturaleza, los ardores de la curiosidad de la convalecencia, los fines de estación cargados de esplendores enervantes, los tiempos cálidos, húmedos y brumosos, en que el viento del sud debilita y distiende los nervios como las cuerdas de un instrumento, en que los ojos se llenan de lágrimas que no vienen del corazón; — la alucinación, dejando al principio lugar a la duda, bien pronto convencida y razonadora como un libro, — el absurdo instalándose en la inteligencia y gobernándola con una espantable lógica; la historia usurpando el sitio de la voluntad, la contradicción establecida entre los nervios y el espíritu, y el hombre desacordado hasta el punto de expresar el dolor por la risa.

. . . .
. . . .

Baudelaire (Vida y obras de Egdar Poe)

A todos nos había sorprendido la fatal noticia; y quedamos aterrados cuando un criado nos trajo —volando— detalles de su muerte. Aunque hacía mucho tiempo que notábamos en nuestro amigo señales de desequilibrio, no pensamos que nunca pudiera llegar a ese extremo. Había llevado a cabo el suicidio más espantoso sin dejarnos un recuerdo para sus amigos. Y cuando le tuvimos en nuestra presencia, volvimos el rostro, presos de una compasión horrorizada.

Aquella tarde húmeda y nublada, hacía que nuestra impresión fuera más fuerte. El cielo estaba lívido, y una neblina fosca cruzaba el horizonte.

Condujimos el cadáver en un carruaje, apelotonados por un horror creciente. La noche venía encima; y por la portezuela mal cerrada caía un hilo de sangre que marcaba en rojo nuestra marcha.

Iba tendido sobre nuestras piernas, y las últimas luces de aquel día amarillento daban de lleno en su rostro violado con manchas lívidas. Su cabeza se sacudía de un lado para otro. A cada golpe en el adoquinado, sus párpados se abrían y nos miraba con sus ojos vidriosos, duros y empañados.

Nuestras ropas estaban empapadas en sangre; y por las manos de los que le sostenían el cuello, se deslizaba una baba viscosa y fría que a cada sacudida brotaba de sus labios.

No sé debido a qué causa, pero creo que nunca en mi vida he sentido igual impresión. Al solo contacto de sus miembros rígidos, sentía un escalofrío en todo el cuerpo. Extrañas ideas de superstición llenaban mi cabeza. Mis ojos adquirían una fijeza hipnótica mirándolo, y en el horror de toda mi imaginación, me parecía verle abrir la boca en una mueca espantosa, clavarme la mirada y abalanzarse sobre mí, llenándome de sangre fría y coagulada.

Mis cabellos se erizaban, y no pude menos de dar un grito de angustia, convulsivo y delirante, y echarme para atrás.

En aquel momento el muerto se escapaba de nuestras rodillas y caía al fondo del carruaje cuando era completamente de noche, en la oscuridad, nos apretamos las manos, temblando de arriba a abajo, sin atrevernos a mirarnos.

Todas las viejas ideas de niño, creencias absurdas, se encarnaron en nosotros. Levantamos las piernas a los asientos, inconscientemente, llenos de horror, mientras en el fondo del carruaje, el muerto se sacudía de un lado a otro.

Poco a poco nuestras piernas comenzaron a enfriarse. Era un hielo que subía desde el fondo, que avanzaba por el cuerpo, como si la muerte fuese contagiándose en nosotros. No nos atrevíamos a movernos. De cuando en cuando nos inclinábamos hacia el fondo, y nos quedábamos mirando por largo rato en la oscuridad, con los ojos espantosamente abiertos, creyendo ver al muerto que se enderezaba con su mueca de delirio, riendo, mirándonos, poniendo la muerte en cada uno, riéndose, acercaba su cara a las nuestras, en la noche veíamos brillar sus ojos, y se reía, y quedábamos helados, muertos, muertos, en aquel carruaje que nos conducía por las calles mojadas...

Nos encontramos de nuevo en la sala, todos reunidos, sentados en hilera. Habían colocado el cajón en medio de la sala y no habían cambiado la ropa del muerto por estar ya muy rígidos sus miembros. Tenía la cabeza ligeramente inclinada con la boca y nariz tapadas con algodón.

Al verle de nuevo, un temblor nos sacudió todo el cuerpo y nos miramos a hurtadillas. La sala estaba llena de gente que cruzaba a cada momento, y esto nos distraía algo. De cuando en cuando, solamente, observábamos al muerto, hinchado y verdoso, que estaba tendido en el cajón.

Al cabo de media hora, sentí que me tocaban y me di vuelta. Mis amigos estaban lívidos. Desde el lugar en que nos encontrábamos, el muerto nos miraba. Sus ojos parecían agrandados, opacos, terriblemente fijos. La fatalidad nos llevaba bajo sus miradas, sin darnos cuenta, como unidos a la muerte, al muerto que no quería dejarnos. Los cuatro nos quedamos amarillos, inmóviles ante la cara que a tres pasos estaba dirigida a nosotros, siempre a nosotros!

Dieron las cuatro de la mañana y quedamos completamente solos. Instantáneamente el miedo volvió a apoderarse de nosotros.

Primero un estupor tembloroso, luego una desesperación desolada y profunda, y por fin una cobardía inconcebible a nuestras edades, un presentimiento preciso de algo espantoso que iba a pasar.

Afuera, la calle estaba llena de brumas, y el ladrido de los perros se prolongaba en un aullido lúgubre. Los que han velado a una persona y de repente se han dado cuenta de que están solos con el cadáver, excitados, como estábamos nosotros, y han oído de pronto llorar a un perro, han oído gritar a una lechuza en la madrugada de una noche de muerto, solos con él, comprenderán la impresión nuestra, ya sugestionados por el miedo, y con terribles dudas a veces sobre la horrible muerte del amigo.

Quedamos solos, como he dicho; y al poco rato, un ruido sordo, como de un borboteo apresurado recorrió la sala. Salía del cajón donde estaba el muerto, allí, a tres pasos, le veíamos bien, levantando el busto con los algodones esponjados, horriblemente lívido, mirándonos fijamente y se enderezaba poco a poco, apoyándose en los bordes de la caja, mientras se erizaban nuestros cabellos, nuestras frentes se cubrían de sudor, mientras que el borboteo era cada vez más ruidoso, y sonó una risa extraña, extra humana, como vomitada, estomacal y epiléptica, y nos levantamos desesperados, y echamos a correr, despavoridos, locos de terror, perseguidos de cerca por las risas y los pasos de aquella espantosa resurrección.

Cuando llegué a casa, abrí el cuarto, y descorrí las sábanas, siempre huyendo, vi al muerto, tendido en la cama, amarilleado por la luz de la madrugada, muerto con mis tres amigos que estaban helados, todos tendidos en la cama, helados y muertos...

Horacio Quiroga.

Salto, octubre 1899.

(Instituto Nacional de Investigaciones y Archivos Literarios. Montevideo, Tercera Sección: Impresos. "Archivo de Horacio Quiroga", Serie V, Segundo Grupo, N° 1: *Revista del Salto*, Semanario de Literatura y Ciencias Sociales, año I, N° 9, Salto, noviembre 6, 1899, págs. 73-75.)

7. — *Por qué no sale más la* Revista del Salto

Este es el último número de la Revista. Fueron nuestras Intenciones hacer una publicación duradera, algo así como una hoja constantemente abierta a lo que de bueno o regular se escribiese en el Salto. No se llenaban más que dos requisitos: que lo enviado a la Redacción no fuera disparate y que llevara las firmas que responsabilizasen los escritos. El precio de suscripción no es asombroso; sin embargo la Revista desaparece. ¿Por culpa nuestra? Tal vez tengamos en ello alguna parte; pero si se considera en general, la Revista muere porque no se supo adaptar al medio en que vivía. Era una publicación seria, más o menos bien escrita, con buenos artículos de cuando en cuando, y *social*, en el alto sentido de la palabra.

Cayó. ¿Por qué? Por eso, por estar completamente eliminada de atractivos, de esas curiosidades que encierran o despiertan una malicia, un canto a cualquier bella, una intriga local eficazmente comentada por un círculo de lectores. Los periódicos, en este caso, son buenos, entretenidos, aptos para que se les sostenga.

Hay, en el gran motivo de muerte, causas parciales que trataremos de analizar: los *que leen, los que escriben, los que juzgan*.

¿Son abundantes los primeros? Supongámoslo.

Aparece un artículo cualquiera. ¿Se busca la firma? No señor: el título; y según que éste sea *comprensible*, poético o encantador; según que los primeros renglones leídos sugieran la ilusión de un entretenimiento, de una vanidad halagada el escrito será leído hasta el final. No importa que el artículo sea sensato o sea brillante, que lleve una firma impuesta por anteriores sugestiones: se busca la diversión, ese es el caso. Y ya emane ésta de una composición infantil, ya de una revista a las cualidades de tal o cual hermosa, el triunfo se consigue.

Cuesta mucho menos distraer que hacer pensar. La curiosidad no requiere ningún esfuerzo del intelecto que lleva aquel principio. Subir, en cambio, fatiga; y el trabajo que se requiere para llegar a las concepciones y formas del escritor, no merece la más corta detención del pensamiento.

La masa común rechaza toda efervescencia que pueda hacer desbordar su medida de lo acostumbrado. No quiere anchos horizontes, ni reflexiones ni verdades desconocidas: quiere distraerse, entretenerse, preocuparse por la silueta enigmática, descifrar un jeroglífico. No juzga. La literatura, para ella, no debe buscar la excitación del pensamiento o sentimiento; debe no aburrir sencillamente. Y conforme a ese modo de ser, las revistas languidecen y mueren. ¿Porque están mal escritas? No: porque no se leen.

¡Cuántas veces he oído decir haciendo referencia a un periódico cualquiera: "¡Qué aburrido está hoy!" No quiere esto decir que la publicación carezca de material literario; se entiende por ello la falta de *atractivo;* noticias, crónicas *prolijas*, retratos, superficialidades, todo lo que compone la facultad excitativa de un término medio que recorre el periódico de una ojeada.

Una publicación que no se adapta al ambiente en que vive, que intenta el más insignificante esfuerzo de amplitud y penetración, cae. No se la discute, no se la exalta, no se la elogia no se la critica, no se la ataca: se la deja desaparecer como una cosa innecesaria. Muere por asfixia, lentamente. Es el eterno mar extendido ante las Revistas, sin escollos y sin tempestades. No naufragan ni se estrellan; van extenuándose poco a poco, en un impasible horizonte de indiferencia.

Los que escriben — ¿Es abandono? ¿es desprecio? ¿es impotencia? No lo sé. Todo tiene su cultura en un pueblo. La música llega a un grado de generalización asombroso; los capiteles se esfuerzan sobre las columnas para sostener los grandes frisos; el color día a día va tiñendo los lienzos en un afán creciente de *ser artista*.— Todo impulsa y fomenta el desarrollo de las Bellas Artes. Solo la Literatura es olvidada, como una ocupación de ociosos incapaz de ser grande y de demostrar el genio.

Parece que hay una especie de vergüenza de escribir: ¿Qué más da para el adelanto y perfeccionamiento de una ciudad, una Revista?

Dejan la pluma. La toman los pequeños. Si éstos se estrellan, se lavan las manos tranquilamente. Cuando los que miran desde arriba no disculpan esas caídas, se llama injusticia; cuando los que retiran conscientemente sus fuerzas del combate pronostican la derrota, se llama crimen; y cuando los incapaces para el triunfo juzgan toda esta gran obra; se llama imbecilidad.

Mucha cooperación para los conciertos y todo lo que se relaciona con la música; es imperdonable que no se oiga un piano en cada casa y una melodía en cada alma.

La música gradúa el arte de un pueblo; las letras no. Sumo interés en que se ejecute y mortal indiferencia en que se cree. Miran el esfuerzo de soslayo y se encogen de hombros. Los iniciados escriben, escriben, escriben. Si alguna vez el Ideal protesta, alzan el dedo y condenan. ¡Pobre Literatura! exclaman.

Cobardía e infamia.

Los que juzgan — Las Revistas en general, demuestran en sus columnas las tendencias literarias del medio en que viven. Las poesías, los artículos, las fantasías, los cuentos no despiertan más vibraciones que las necesarias para impresionar dulcemente el ánimo el horizonte literario las perspectivas adecuadas que todos admiran del lector. No sacuden ni irritan. Operan eficazmente, diseñando en sin asombro, que todos comprenden sin esfuerzo. Toda tentativa de mostrar nuevas lontananzas, toda idea audaz que, presintiendo una nueva aurora trata de hacer desviar la vista de aquellos paisajes impuestos ya por la obcecación de una constante dirección de ojos, será rechazada por extravagante, absurda e individual.

La belleza, no obstante, existe, escondida y pudorosa, sutil y aristocrática; pero existe.

No ver es negar. Si nadie hubiera levantado la frente, el cielo no sería.

Oigámoles. "Los decadentes son personas desequilibradas que bajo una aparente pomposidad nos muestran la pobreza de su intelecto. Amontonan palabras sobre palabras, adjetivos sobre adjetivos, y nos dejan en ayunas sobre lo que han querido decir. Su secreto es poner palabras raras, dislocar la lógica y convertir el idioma en una especie de tienda de juglar. Aplican cualidades imposibles a cosas que nada dicen, hacen considerable ostentación de expresiones que pretenden ser fuertes y resultan fangosas, usan y abusan de los medios de aturdir e irritar los nervios y sueltan a trapo tendido las ridículas concepciones de su imaginación, que si bien es permitido usar de ésta debe no obstante ser razonable, justa, equilibrada, de modo que todos entiendan lo que se quiere decir, sin llegar nunca a rebuscar las palabras y las imágenes. Debe eliminarse de la Literatura la que no encierre una idea honesta, clara y precisa. No hay necesidad ninguna de enseñar las llagas de ciertos corazones ni el cieno de ciertas fantasías. Nada nos importa que sientan de tal o cual manera, que vean las cosas de tal o cual modo. Hay un solo Ideal de belleza, único, absoluto, al que debemos ajustarnos, abandonando lo que se aparte de él, como un molde imprescindible fuera del cual todo es inmoral, disparate absurdo.

Así habla el criterio, no el Genio ni el incapaz, sino cualquiera de ellos, el primero que llega, el primero que él cree cierto y dice: "Fuera de aquí pues no hay nada".

Recordemos con Maupassant:
"...Todos los escritores, Victor Hugo como Zola, han reclamado constantemente el derecho absoluto, el derecho ineludible de componer, es decir, de imaginar, y de observar, según su concepto personal del

arte. El talento procede de la originalidad, que es una manera especial de pensar, de ver, de comprender y de juzgar. Luego el crítico que pretende definir la novela según la idea que él tiene de las novelas que prefiere, y fijar ciertas reglas invariables de composición, luchará siempre contra todo temperamento de artista que produce una idea nueva... Negar el derecho de un escritor a hacer una obra política y una obra realista es pues obligarle a modificar su temperamento, recusar su Originalidad y no permitirle servirse de los ojos y de la inteligencia que le ha dado la naturaleza. Culparle de ver las cosas bonitas o feas, pequeñas o épicas, graciosas o siniestras, es culparle de estar organizado de tal o cual manera, y de que no vea las cosas como las vemos nosotros....

El público está compuesto de grupos numerosos que nos dicen:
Consoladme.
Entristecedme.
Enternecedme.
Hacedme soñar.
Hacedme reír.
Hacedme estremecer.
Hacedme llorar.
Hacedme pensar.

Solamente algunas inteligencias privilegiadas piden al artista: Mostradme algo nuevo y bello, en la forma que mejor os convenga, según nuestro temperamento...

El crítico solo debe apreciar el resultado según la naturaleza del esfuerzo, y no tiene porque preocuparse de las tendencias...

Cada uno de nosotros se hace, pues, sencillamente, una ilusión del mundo, ilusión poética, sentimental, regocijada, melancólica, fea o lúgubre, según su naturaleza, y el escritor no tiene otra misión que reproducir fielmente esta ilusión con todos los procedimientos de arte que ha aprendido y de que puede disponer.

¡Ilusión de lo bello, que es una convención humana! ¡Ilusión de lo feo, que es una opinión mudable! ¡Ilusión de lo verdadero, siempre inmutable! ¡Ilusión de lo innoble, que atrae tantos seres!

Los grandes artistas son aquellos que imponen a la humanidad su ilusión particular.

No nos enojemos, pues contra ninguna teoría, puesto que cada una de ellas es sencillamente la expresión generalizada de un temperamento que se analiza."

Simbolismo, estetas coloristas, modernismo delicuescente, decadentismo, son palabras que nada dicen. Se trata de expresar lo más fielmente posible los diversos estados del alma, que, para ser representados con exactitud necesitan frases claras, oscuras, complejas, sencillas, extrañas, según el grado de nitidez que aquellos tengan en nuestro espíritu.

Todo se rebela: la ganga contra el pulido, la bruma contra el horizonte, el caballo contra el freno, y la imbecilidad contra la aurora rasgada sobre el viejo paisaje.

Damos gracias a los que nos han acompañado en la tarea que finaliza con el número de hoy.

Horacio Quiroga

Salto, Enero 29 de 1900.

(Instituto Nacional de Investigaciones y Archivos Literarios. Montevideo, Tercera Sección: Impresos. "Archivo de Horacio Quiroga", Serie V. Segundo Grupo, N° 1: *Revista del Salto*, Semanario de Literatura y Ciencias Sociales, año I, N° 20, Salto, febrero 4, 1900, págs. 162-65.)

D) Correspondencia desde París

1. — *Desde París*
(Especial para *La Reforma*)

Héme, por fin, en París, en la capital-cerebro, en la ciudad de las ciudades, donde todo es acumulamiento, palpitación y prodigio. París merece por dos motivos el primer lugar entre las poblaciones: por lo inmenso que lleva en su nombre y amplia vida, y por la fama que se le ha dado. Para nosotros, pobres desterrados de la suprema intelectualidad, la visión de París es una nostalgia de un lugar que nunca hemos visto, y que, hoy o mañana, nos lleva a conocerle. Héme, por fin, en París.

La primera impresión que se siente al contemplar las ciudades de estas latitudes, es tristísima. Estamos acostumbrados a las casas de techo plano, rematadas en lo alto con balconcillos o cualquiera otra cosa, separadas, por decirlo así, y con pinturas de más o menos buen gusto. Aquí las casas están tan juntas que parece que un gran frío las comprimió en grupos negruzcos, helados y hambrientos. Desde Génova hasta París no se ve otra cosa que casas de media agua que nunca fueron pintadas ni lavadas —ventanas pequeñas, sin gusto ninguno—; casas altas que más bien parecen muros agujereados, casas húmedas de cuatro a diez pisos —seis por lo general—, amuralladas sobre una calle de cuatro metros, y que para nosotros, hijos del horizonte y del pleno sol, son motivo de más de una amarga nostalgia.

Pero, en cambio, los bulevares, multiplicados en el corazón mismo de la ciudad, cortan en cien pedazos la oscura contracción de las calles, llevando a todas partes la vida, la luz y el perdón de los miles de personas que los cruzan por hora.

Ante todo, dos cosas asombrosas, en Francia: las carreteras y el cultivo de los campos. Estos están trabajados con tanto cariño, con tanta pensativa laboriosidad; comprenden de tal manera el cuidado y amor que merece esa tierra madre; se esmeran tanto en la artística proyección de las líneas y colores, que Francia parece una gran alfombra que un día, tendida sobre el mundo, llevará a todas partes la fecundidad regeneradora del novelista poeta.

Las carreteras son, a mi modo de ver, la nota culminante de toda Francia. Londres tiene mucho de París, Nueva York tiene mucho de París, Berlín tiene mucho de París, Buenos Aires tiene mucho de París; pero lo que ninguna nación posee son esos magníficos caminos, irreprochables y blanqueados, algo angostos tal vez, pero espléndidamente cuidados.

La vida de los grandes bulevares —de que mucho se cuenta,— es agitadísima sobre toda ponderación. Calcular el número de carruajes que pasan por uno solo, es tarea ímproba —según la frase usual.— En dos filas, en tres, en cuatro, en cinco, en seis; doscientos carruajes, 80 bicicletas, 15 automóviles, 1000 personas, todo en una cuadra de bulevar, de día, de noche, a todas horas, apelotonados, constreñidos, estrujados, asombrados, esperando que el guarda civil dé la orden de marcha, porque otro número igual de vehículos están cruzándolo en una esquina cualquiera. Esto se repite cada dos minutos.

No es fácil atravesar impunemente los bulevares; hay que correr, detenerse, apartarse, volver a correr, retroceder: pararse —*(perdone Valbuena),*— correr de nuevo, y esto en sólo quince metros.

Sucede a cada momento que hay cien personas esperando que haya un claro en la cuádruple fila de carruajes, para cruzar. El *sargent de ville* levanta entonces el brazo, se cortan instantáneamente las filas, pasan las personas, y se cierra de nuevo la marcha.

Esto que digo no es novedad; mil veces se ha hablado de ello, pero hay que verle.

Es de notar el respeto que se tiene a la policía. Cuando extienden la mano, nadie se mueve: ¡ay de él! Por lo demás, van muy bien vestidos y son muy educados.

Esto me recuerda una pregunta que hice en Génova.

Marchaba con un changador a la estación Central, cuando vi subir al tranvía a un caballero de larga levita a la prusiana, bastón de borla, sombrero de copa y guantes blancos.

—¿Quién es?... pregunté a mi *fachino*.
—Un guarda municipal, contestó torciendo la boca.

Ciudad cosmopolita por excelencia, es de verse la diversidad de tipos que pasan en media hora de bulevar (sobre todo, en la calle Montmartre — de Italiens — de Capucines— de la Madeleine). Pasan individuos de cuarenta centímetros de cabello y ochenta de barba (sin exagerar); ciudadanos que no conformes con llevar luto en el sombrero, llevan anchos brazales de crespón; sujetos de cara lindísima y afeitados, con un sombrerito de paja de Italia coquetonamente inclinado sobre sedosos bucles artificiales, envueltos en una capa que les llega a los pies, y van marchando lentamente, suavemente, exhibiendo el cómico feminismo de su andar y de sus caras pintadas.

Pasan los tipos más extravagantes y vulgares que se pueden pedir; pasan armenios, pasan turcos, pasan chinos, pasan árabes, todos vestidos a la moda de su país. Pasa, en fin, todo lo que puede pasar en una ciudad de tres millones, magníficamente heterogénea. Menos negros. Eso sí, en doce días que llevo en París, no he visto sino tres. Y aquí mismo, donde de todo hay y nada admira, llaman la atención.

Para concluir: la edificación de París no tiene nada de notable. A excepción de algunas avenidas en que hay muy lindos palacios, ni en los grandes bulevares, ni en los chicos, ni en las calles, hay nada que llame la atención.

He estado tres veces en el Louvre, y he visto casas que asombran y cosas que pueden pasar desapercibidas.

En la sección escultura, la Venus de Milo me ha causado emoción profunda. No se puede pedir nada más notable y hermoso; la boca sobre todo, es soberbiamente divina. ¿Por qué mueren esas hermosuras que el cincel o el lienzo trasmiten a la posteridad como un ferviente homenaje a la belleza de las que fueron sus modelos y ya no viven? ¿Por qué la carne, como el mármol, no ha de ser inmortal para esas supremas elegidas del color y la línea?

En las galerías de pintura, hay un cuadro de Girodet-Trioson, que me ha detenido media hora contemplándolo. Según mi modo artístico, es de lo más genial que se ve en el Louvre. Luego "La Joven Mártir" de Delaroche, tan conocida por los grabados; un chico peatón de Rivera, que salta de la tela con su cara contraída; *Frutas e instrumentos de música* de Pereda, y *Las ilusiones perdidas,* de Gleire: Simbólico: Una caída de la tarde, pero de infinita melancolía. Una barca egipcia, en la que tocan la cítara, miran el río o simplemente sonríen, ocho o diez romanas. En primer término, a la derecha la figura oscurecida, a la orilla.

Esto es *Las Ilusiones perdidas.*

En cuanto a las obras de los grandes maestros — sobre todo de la escuela italiana — ¿qué diré?— Me han causado poca impresión. Mucha suavidad en la línea; famosos dibujantes; cierta vulgaridad en el colorido — sobre todo del agua, de un romano que ha dejado caer una lira y no tiene fuerzas para levantarla. A lo lejos, el sol que ya ha caído, colorea un poco el cielo.... Rafael, —y fríos, después de todo. En cambio, Rubens, es asombroso lo que consigue con la expresión en *Job atormentado por los demonios*, y *Caballo atacado por leones*.

Sin duda que todos esos cuadros han perdido mucho con el tiempo. Pero con todo, uno se espera mucho más de esas grandes obras. En cada sala hay más de quince artistas reproduciendo. Como curiosidad, he visto un pintor de barba rubia que, copiando el lienzo de Rivera de que he hablado, conseguía hacer un trabajo mejor que el del maestro. Por lo menos igual, deduciendo lo que había sufrido el original en trescientos y pico de años que lleva de existencia.

Algo sobre ciclismo. Es siempre el sport de moda, a pesar de los últimos triunfos del automovilismo.

Se está construyendo en el Bosque de Vicennes la nueva pista municipal que tendrá 500 metros y merecerá el honroso nombre de pista-modelo. 166 metros con 66 ctms. menos que la del *Parc des Princes*, superará a esta en corrección y elegancia. En ella se disputarán los grandes premios de este año: Campeonatos del mundo, Gran Premio de París, Campeonato de Francia, fuera de los inevitables récords.

En París se corre mucho, mucho (*¿siempre?*)

El Domingo pasado se han batido —en un campeonato de 100 de Princes, con un día espléndido. Corrían 11: Taylor, Bouhours, Baugé y Waltters en primera línea. Taylor, tras de su motor ciclo, tomó el tren de una manera desesperada hasta los 80 kmts, en que se detuvo y dejó el campo. En ese tiempo, (1 hora, 19 minutos, 21 segundos y 2/5), había batido todos los récords del mundo, haciendo 62 klms. 313 metros en una hora; cosa terrible, si se considera que el anterior de pocas semanas era de 58 klms, 980 metros, de él mismo.

Bouhours cubrió los 100 klms. en 100 minutos (un poco menos pues faltaron 41").

Dentro de poco tiempo llegará a ésta Mayor Taylor, el "negro volador" así como Elckes, otro famoso *stayer* norteamericano, que el 15 del corriente se batirá con Taylor (Eduardo, el francés) en un match de una hora. Veremos eso, que debe de ser cosa notable.

Pasemos ahora a la Exposición Universal de 1900. No está concluida, ni siquiera presentable.

Por todas partes andamios, albañiles, pintores; un ruido incesante de martillos y madera que rompe los tímpanos. Aún en los pabellones abiertos ya al público, se trabaja de día y de noche. En el Campo de Marte es casi imposible caminar por la sucesión de carros y objetos que cruzan. Día a día se abren nuevos pabellones, se trabaja, se arregla, se caen puentes; y con todo, parece que la Exposición no estará acabada hasta fin de mes.

La puerta monumental es magnífica, sencillamente. Se abre al costado sudoeste de la plaza de "La Concordia" la trágica Greve de otros tiempos. Tres avenidas paralelas conducen directamente al puente Alejandro III, muy lindo, sin mayor atractivo. A su frente se extiende la Explanada de los Inválidos, donde están los mobiliarios, decoraciones de edificios y habitaciones, industrias diversas etc.

Siguiendo la orilla derecha del Sena: Palacios de Horticultura y Arboricultura, Palacio del Baile, Torre de lo maravilloso, Casa de risa y Teatro Guillaume, Gran Guignol, Acuario de París, La Roulotte, Chat noir, Cuadros vivos, Ciudad de París y algunos otros pabellones. Más adelante está el *Trocadero,* con las colonias extranjeras, el Diorama, el Teatro Cambodgiano, Panorama del Congo, Viajes animados y el Viejo París.

En la orilla izquierda del Sena están los pabellones de las naciones, todos seguidos. Luego el Campo de Marte con el Palacio luminoso. Panorama de la vuelta al mundo, Cineorama, Palacio de la Electricidad, Venecia en París, Palacio de La Mujer, Villa suiza, Gran Rueda de París, Mareorama, Globo terrestre, Palacio de óptica. Sala de fiestas.

Esto es lo más interesante; quedan los demás pabellones de arte, industria y comercio, restaurantes franceses y extranjeros, etc.

En los campos Elíseos son el Grande y Pequeño Palacio de Bellas Artes, inaugurados hace tres días. El primero está ocupado por trabajos de pintura. Nada más.

Soberbios los paisajistas rusos, artistas sobre toda ponderación, —imprimen a sus cuadros ese desfallecido tono de las estepas, en que parece que la naturaleza está absorta, el cielo mudo; la luz, pensativa, y todo el paisaje sueña y muere en un indefinible doblegamiento de nostalgia, como sus pinos, como sus codornices que van despacio y temerosas sobre la nieve, borrándose en la bruma...

España tiene muy buena representación de una *Carrera de carros* en Roma, de Chueca; unas guindas de Muñoz, premiadas ya, y una original tela de suma trascendencia artística, obra de Izarra. *Fin de siglo* es el título del cuadro, en que figura un pobre diablo vendedor ambulante de cualquier cosa, ante una creación prerrafaelista. Es admirable la expresión de risueña y asombrosa curiosidad que ha sabido dar a esa cara de sensato traficante, que nunca soñó que las caras pudieran ser verdes, los cielos amarillos y los esfuminos de diamante.

Las tres cuartas partes de los trabajos expuestos están inspirados en los impresionistas, modernistas, prerrafaelistas. Sobre todo los finlandeses.

Hay cuadros de tan honda concepción, de un dibujo tan profundamente incisivo, de un colorido tan en relación con el sentimiento que se quiere despertar y el artista sintió, que entran deseos de negar todo otro arte en que no haya *idea*, toda otra escuela en que no haya *sugestión*, porque eso es todo, dar a las cosas colores que no tienen, pero se sienten, y son los únicos capaces de calmar nuestra ansia, simbolizando lo que no tiene colorido propio sino en nuestro interior y al ser pasado al lienzo miente a la naturaleza.

Horacio Quiroga.

París, 5 de Mayo de 1900.

(Biblioteca Nacional. Montevideo. Sección Hemeroteca. *La Reforma*, año III, N° 732, Salto, mayo 29, 1900, pág. [1], cols. 1, 2, 3, y 4.)

2. — *Desde París*
(Especial para *La Reforma*)

En el Palacio de Bellas Artes, en la Exposición, la sección francesa de pintura guarda, con los otros pabellones, los trabajos de la última decena. Algo de lo más notable es un cuadro de Friant:— El cementerio. En primer término, una señora de luto con velo a la cara tiende los brazos, inclinándose hacia una tumba, los amigos tratan de detenerla. En el fondo, panteones, coronas, caballeros y señoras: día nublado.

Es maravillosa la actitud de esa mujer, que no es inclinación, ni extensión de brazos, ni nada que se pueda definir. Es la actitud compleja, desesperante y precipitada de una madre que va por primera vez al cementerio después de la muerte de su hijo. Es maravilloso el colorido de esas ojeras y ese dolor a través del velo, y luego ¡qué potencia de expresión en las dos amigas:— Saquémosla de aquí…. para qué habremos permitido que venga… pero amiga mía, por favor….

Varias telas de Boutigny —entre ellas la tan conocida: *Un brave.*— Una estación de ferro-carril — de noche.— Loir; *un homicide* de Carolus Duran. Esto es de lo más magnífico. Hay cien otras; pero no las recuerdo.

En el piso bajo del Palacio están las obras de escultura. Dominando el conjunto, como altura y homenaje, una estatua de Victor Hugo. Está sentado sobre un peñasco, envuelto a medias en una capa romántica, en la actitud hierática de costumbre.

Su cara sí es diferente de la que todos conocemos. Representa al poeta cuando tenía acaso treinta años, sin bigote ni barba, levantando, hacia las desaliñadas ondas de su cabello, su sólida frente de aventurero.

Le rodean tres estatuas: la Poesía alcanzándole desesperadamente la lira; la Fama, con la *Leyenda de los siglos* en una mano; una virgen, agitando sobre invisibles y muertas espaldas el knut de *Los Castigos*. Al pie, un grupo de trompetas, tambores y pulpos.

En el pequeño Palacio, se enseña el arte retrospectivo francés.

Aún no ha habido una iluminación completa de la Exposición. Días pasados, por un acto criminal, ha sido descompuesto uno de los poderosos dínamos que debía iluminar la puerta monumental.

El Castillo de Agua se ha incendiado antes de ayer: dentro de quince días estará reconstruido.

Notre-Dame, en su sección exterior causa el mismo sombrío efecto que el de los otros monumentos de París. Toda ennegrecida, pierde con la falta de color el poderoso relieve de su estilo gótico. Como el Louvre, como la Magdalena, como el Arco de Triunfo, uno se espera otro algo a que esas grandes obras no responden. Con todo, es soberbia Notre-Dame. En general: 5 naves, torres de 255 escalones, formidable campana "Sebastopol", cuya vibración, es tan intensa, que tocada apenas por el mango de madera de un martillo, repercute durante 45 segundos.

En la plataforma de las torres, he visto las cubiertas de plomo que, hace 16 siglos, Cuasimodo había fundido y hecho correr por los canalones.

El horno está infinitamente grabado de nombres y caracteres en todos los idiomas. He notado la firma muy conocida de un personaje uruguayo.

A los fondos de Notre-Dame, la Morgue.

Es un sencillo edificio pintado de amarillo, lleno de celebridad y de muertos.

El Bosque de Bolonia es un tanto monótono. Salta a toda vista la extensa artificialidad de su vegetación, caracterizada por árboles flacos, cuidados y raquíticos. No es lo que uno se espera, una desaliñada profusión de corpulencias; por lo menos, retorcidos, agrestes, y no alineados, enfermos y con una regularidad que desanima. Hay, no obstante, pasajes muy enmarañados.

En cuanto a la prodigiosa aglomeración de carruajes y elegancias es poco lo que se haya dicho.

Elkes venció a Taylor. Fue un duelo a muerte, al cual reportó Taylor el poderoso embalaje que le es habitual, y Elkes, el tren terrible de sus delgadas piernas. Una hora de carrera, con intermitencias.

Hasta los diez kilómetros, el campeón americano fue adelante; Taylor pasó, Elkes volvió a pasar, y, en un empuje, se *despegó:* Perdió 400 metros. A los 20 kilómetros, estaba otra vez junto a su rival. Siguen corriendo juntos; pero a los 30 kilómetros Taylor a su vez se *despega* y falto del coraje del *stayer* yankee, anda rezagado 1000 metros. Continúan en esta relación hasta los 45 kilómetros, cuando se desinfla el neumático de la máquina de Elkes, que tiene que cambiar por otra. Taylor aprovecha, pero con todo queda siempre a media vuelta atrás.

Suena la campana, Taylor demarra poderosamente; mas ya Elkes ha llegado a los 60 minutos, haciendo 55 kilómetros. América ha vencido a Europa por segunda vez en el medio fondo, y Elkes quedó clasificado campeón del mundo.

Se recordará que Taylor batió hace poco tiempo 62 kilómetros en la hora, algo bastante más que el trayecto del Domingo pasado. Pero no se olvide que aquello fue en un día sin viento, y, sobre todo, tras de motorciclos, lo que es alguna diferencia.

Deben llegar estos días de Estados Unidos: Major Taylor, campeón *sprinter;* Michael, rey del medio-fondo; Zimmerman, ex campeón de los campeones.

Con esto, la temporada resultará interesante.

¡Oh, París, París, ansia infinita de todos los que han soñado una vez siquiera los grandes recuerdos y la suprema manifestación del arte!

¡Ciudad extraña y compleja en sí misma, que vive de su pasado y su presente como una pura gloria, donde yace, tiembla y espera a su vez la hora de ser posible, todo lo excelso que ha sido ayer y todo lo vibrante que será mañana; ciudad fastuosa y viril sobre todas; alegre e inmortal.

¿Qué más pedir, para los eternos parias de lo

grande, que esta vida de París, respirando el aire de los que son y fueron creadores de lo Absoluto?...

Nada más; todo se colma, y aparece, sin embargo, como un dolorido reproche a la sensación artística, el recuerdo de un lejano lugar donde está lo que se extraña y adora. La ciudad, no. Eso es un simple detalle.

Los amigos, las amigas, los conocidos, aún los indiferentes, aún los insignificantes, porque todo es uno, un conjunto que nos ha visto y a quien hemos visto muchas veces, y que forman un afecto de costumbre tal vez, pero siempre sentido.

Son, a pesar de todo, muy tristes ciertas horas de París, en las cuales, aunque se admira, se sufre, empañando la visión de lo que se admira con lo que se desea haber visto; ciertos momentos de vaga rebelión, acaso motivada por el recuerdo incierto de que a esa hora se ha estado alegre, se ha ensanchado el corazón, se ha amado...

Y todo aparece, fiestas, bailes, conversaciones, sonrisas, cuadros de triste adoración, lejos y perdidos para nosotros, que no ha sido por cierto una visión de París, pero que hemos querido...

Pienso, a veces, que todo pasará y será muy dulce hallar de nuevo las mismas sonrisas, lleno el espíritu de lo que se ha admirado; pero, entre tanto, se extraña, se siente, se sufre, aún en París, como en la Exposición, porque estamos solos, no tenemos a quien hablar de todo eso, no tenemos a quien amar...

Y lo que un día fue un pobre detalle, ahora es un triste recuerdo, acrecentado por la nostalgia y la imposibilidad.

De lo que ha sido bueno para con nosotros, un

extenso deseo de que no sea olvidado. Aún de lo indiferente, de lo que no merece la pena se lo recuerde, se guarda una dulce memoria, porque ya no lo vemos, porque ya no es más...

Y de esta manera se va viviendo, sin poder admirar completamente, ya que no es posible desligarse de todos esos recuerdos, que, aunque pudieran ser borrados, no lo desearía tampoco...

Horacio Quiroga

París, Mayo 18 de 1900

(Biblioteca Nacional. Montevideo. Sección Hemeroteca. *La Reforma*, año III. N" 750 y 751, junio 20 y 21, 1900, pág. [1], cols. 1 y 2, 2 y 3.)

Índice

Nota a la edición de 1950 / 7
Introducción / 9

  I. La aventura / 9
 II. El protagonista / 23
III. La iniciación literaria / 30

    A) *Composiciones juveniles* / 32
    B) *Primeras publicaciones* / 38
    C) *Revista del Salto* / 40
    D) *Diario de viaje* / 49

Diario de viaje a París, de Horacio Quiroga

Primera libreta / 57
Segunda libreta / 111

Apéndice documental

A) Composiciones juveniles

1. *Recuerdos* / 169
2. *Sombras* / 171
3. *¡Es natural!* / 173
4. *[De "Algo"]* / 174
5. *Decadencia* / 176
6. *Rojo y negro* / 177

B) Primeras publicaciones

1. *Para los ciclistas. De Salto a Paysandú* / 180
2. *Helénica* / 184

C) "Revista del Salto"

1. *Introducción* / 186
2. *Aspectos del Modernismo* / 188
3. *L. L.* / 190
4. *[Noche de amor]* / 192
5. *Leopoldo Lugones* / 193
6. *Para noche de insomnio* / 199
7. *Por qué no sale más la* Revista del Salto / 204

D) Correspondencia desde París

1. *Desde París* / 212
2. *Desde París* / 221

Se terminó de imprimir en el mes de
enero de 2000 en Imprenta de los
Buenos Ayres S.A.I.C., Carlos Berg 3449
Buenos Aires - Argentina